KB032940

WISHBOOKS GAME FANTASY STORY

# 판렐 플레이어 2

비츄 게임 판타지 장편소설

초판 1쇄 찍은 날 | 2018년 3월 8일
초판 1쇄 펴낸 날 | 2018년 3월 15일


지은이 | 비츄
펴낸이 | 예경원

기획 | 위시북스
편집책임 | 이규재
편집 | 이즈플러스

펴낸곳 | 예원북스
등록번호 | 제396-2012-000132호
등록일자 | 2012. 7. 25
KFN | 제1-230호

주소 | 경기도 고양시 일산동구 호수로 646-24 위너스21 II 빌딩 206A호 (우)10401
전화 | 031-819-9431 팩스 | 031-817-9432
E-mail | yewonbooks@naver.com

ISBN 979-11-6098-882-6 04810
     979-11-6098-880-2 (set)

2
랜덤 플레이어
WISHBOOKS GAME FANTASY STORY
비츄 게임 판타지 장편소설
Wish Books

# CONTENTS

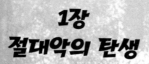

# 1장
# 절대악의 탄생

─파천심공을 확인합니다.

─천살성 칭호를 확인합니다.

─절대악 탄생 조건을 만족하였습니다.

여기까지가 일반 알림음. 그리고 이어진 전체 알림음.

─절대악이 탄생하였습니다!

7번 성좌의 주인이 정해졌을 때에도 전체 알림이 들려왔었
다. 지금도 마찬가지였다. 절대악이 탄생하였다는 것을 시스
템이 아주 친절하게 전 대륙에 공표했다.

'시발.'

역시.

'내가 절대악이 맞네.'

여태까지는 그냥 그럴 거다. 어쩌면 그럴 수도 있다. 아니, 높은 확률로 그럴 거 같다. 라고 생각했는데 이제는 그게 100프로 확실해졌다.

'7명의 괴물 같은 놈들과 싸워야 하는 거지, 이제.'

다행인 건 그중 한 명이 동생이라는 것.

'원래는 1 대 7이어야 하는데 이제는 2 대 6인 거지. 아니, 그보다 훨씬 더 유리해.'

그냥 2 대 6이 아니다. 뒤통수를 칠 수 있는 2 대 6이다. 원래 눈에 보이는 적군 보다, 눈에 보이지 않는 첩자가 훨씬 무서운 법이고 더 큰 피해를 입히는 법이다.

일반 알림이 이어졌다.


─천살성의 칭호가 절대악으로 상향 조정됩니다.

─칭호. 절대악이 생성되었습니다.

─칭호 생성 효과로 절대악 포인트 + 1을 획득합니다.


바로 칭호를 살펴봤다.


**〈칭호〉**

(1) 절대악: 세계를 어지럽히고 질서를 무너뜨릴 힘과 운명을

가진 자. 모든 세계인들을 적으로 돌릴 수 있는 배짱과 담력을 가져야 하며, 자신만의 길을 개척해 나갈 수 있어야 한다. 그가 가는 길은 피에 물든 길이고, 그가 가는 길에는 파멸만이 있을 것이다.

위와 같은 대략적인 설명은 사실 의미 없었다. RPG를 플레이함에 있어서 캐릭터의 배경이나 칭호의 배경 같은 건 아무래도 상관없으니까. 다만 중요한 건 칭호의 효과였다.

칭호 효과:
  -파천심공 강화
  -절대악 포인트 획득
  -플레이어/NPC 사살시 경험치 +20%
  -?
  -?

알림이 폭풍같이 몰아쳤다.

-절대악 칭호 효과로 인하여 파천심공이 강화됩니다.
-파천심공 강화가 진행 중입니다.

파천심공은 패시브 스킬과 비슷하다. 저절로 운용이 되고 신경 쓰지 않아도 알아서 숙련도가 오르는 희대의 심공이다.
그의 몸에 자줏빛 빛이 감돌기 시작했다.


　–파천심공의 효과로 H/P 회복 속도가 20% 증가합니다.
　–파천심공의 효과로 M/P 회복 속도가 20% 증가합니다.
　–파천심공의 효과로 모든 스킬의 쿨타임이 20% 감소합니다.


　한주혁은 순간 아무런 말도 하지 못했다.
　'내가 아는 그 파천심공이 이 파천심공이야?'
　절대악 칭호 효과. 그냥 별거 아닌 줄 알았는데 실상을 살펴보니 전혀 그렇지 않았다. 강화가 진행되는 동안 요르한이 아무런 반응도 보이지 않고 있는 것으로 보아, 요르한 역시 파천심공의 힘. 그리고 절대자로서의 기운을 느끼고 있는 모양이었다.
　요르한이 침음을 삼켰다.
　"당신은……."
　아직까지 절대자로 인정할 수는 없는 모양이었다. 하지만 처음 한주혁을 봤을 때와 지금 한주혁을 볼 때의 눈빛은 완전히 달랐다.
　알림은 끝이 아니었다. 계속 이어졌다.


　–파천심공의 효과로 공격 속도가 20% 증가합니다.

-파천심공의 효과로 H/P 절대량이 20% 증가합니다.

-파천심공의 효과로 M/P 절대량이 20% 증가합니다.

-파천심공의 효과로 모든 스탯이 20% 증가합니다.

한주혁은 만세를 부를 뻔했다. 그야말로 모든 신체 능력치가 엄청나게 높아지고 있다.

'7성좌에게 사기급 성장 속도를 준 만큼.'

그만큼 절대악에게도 사기급 능력을 줄 생각인 것 같았다.

'이 메인 시나리오. 아주 맘에 드네!'

겨우 파천심공 하나를 익혔을 뿐인데. 신체 능력치가 어마어마하게 달라졌다. 오랜만에 스탯창을 열어 확인했다.

'스탯창.'

**〈스탯창〉**

　(1) 힘: 99(+19)

　(2) 민첩: 99(+19)

　(3) 체력: 99(+19)

　(4) 지능: 99(+19)

　(5) 행운: −99(+19)

　(6) H/P: 990/990(+190+198)

　(7) M/P: 990/990(+190+198)

　(8) 활성 스탯

−카리스마: 10

−절대악 포인트: 1

그와 동시에 요르한은 무릎을 꿇었다.

"주군을 뵙습니다."

"……."

"주군을 알아뵙지 못한 것. 빠르게 인정하지 못한 것. 그 모든 것을 용서하여 주십시오."

한주혁은 근엄한 척 고개를 끄덕였다.

"내가 그대였다 할지라도, 나 역시 그대처럼 나를 의심했을 것이다. 그대가 나를 주군으로 인정하니 내가 뛸 듯이 기쁘구나."

더 정확히 말하자면.

'살막 이제 내 거다!'

살막의 주인이 요르한이란다. 그 요르한의 주군이 한주혁이다. 다시 말해, 요르한이라는 최정상급 살수 NPC가 30년 동안 일궈놓은 재산 전부가 한주혁 것이라는 소리다.

'허리띠 졸라매고 있었는데.'

그 돈을 자신이 마음대로 사용할 수는 없을 거다. 하지만 이제 한숨 돌릴 수 있게 될 것 같다.

'여기서 나오는 돈으로 스카이데블 은신처를 그럴싸하게 꾸미고.'

나머지 돈으로 저축하고 해서 잘 먹고 잘사는 것. 그 꿈에 점점 가까워지고 있는 것 아니겠는가.

한세아에게서 귓말이 왔다.

―오빠. 방금 봤어? 알림 대박이었어. 지금 난리도 아냐.

―절대악 때문에?

―응, 지금 절대악 생겼대. 지금 커뮤니티도 그렇고. 다 난리 났어. 절대악의 정체를 빨리 알아내야 퀘스트가 쉬울 거라나 뭐라나.

응, 그 절대악이 나야.

―혹시 알아? 우리가 그 절대악 잡으면 오빠 풀카오도 풀리고 로또 같은 보상 떨어질지? 내가 7번 성좌니까, 오빠가 6번 성좌 가지면 되겠다. 그치?

―…….

한주혁이 화제를 돌렸다.

―나 스탯 100 넘었어.

―헐! 대박! 말도 안 돼! 거짓말!

올림푸스 세계에서 스탯을 올리는 것은 어렵다. 스탯이 높아지면 높아질수록 더욱 힘들어진다.

스탯 1~40 구간에서는 스탯 1을 올리는 데 필요한 스탯 포인트는 1이다.

스탯 40~50 구간에서는 스탯 포인트가 2개 필요하다.

스탯 50~60 구간에서는 스탯 포인트가 3개,

스탯 60~70 구간에서는 스탯 포인트가 4개,

스탯 70~80 구간에서는 스탯 포인트가 5개가 필요하다.

마찬가지로 스탯 80~90 구간에서는 스탯 포인트가 6개 필요할 거라 짐작하고는 있는데, 스탯 80이 넘는 초고레벨 랭커들이 입을 다물고 있어서 그것은 확인할 수 없었다.

한세아가 알기로 오빠의 스탯은 행운을 제외하고 모두 99. 그런데 그게 더 올랐단다. 그게 말이나 되는 소리인가?

'아니, 애초에 오빠는 말이 안 되는 능력을 가지긴 했지.'

누가 저 인간을 전직도 안 한 저렙으로 보겠는가.

─도대체 어떻게 올린 건데?

─그냥 이래저래 하다 보니 얻어걸렸어. 모든 스탯 다 올랐다.

─얼마나 올랐어?

한세아는 궁금해졌다. 스탯 99에서 100으로 넘어가려면 도대체 얼마만큼의 스탯 포인트가 필요할까? 만약 산술적 계산대로라면 스탯 포인트가 8개 필요하다. 겨우 스탯 1을 올리기 위해서 4레벨업을 해야 한다는 소리다. 그런데 모든 스탯이 올랐다고? 비활성 스탯을 뺀다 하더라도 기본 스탯이 5개인데. 그 5개가 전부 올랐단 말인가? 1을 올리려면 산술 계산으로 20레벨업을 해야 하는데?

'그래, 저 오빠는 상식이 안 통하는 오빠니까.'

한세아는 지극히 당연한 질문을 했다.

-한…… 1씩 올랐어?

1씩 오른다? 그러면 모든 스탯이 100에 이르는 거다. 여태까지 그 누구도 오르지 못한 혹은 올랐으나 알려지지 않은 전인미답의 경지에 도달하는 것.

-아니?

-응?

어라. 1이 아닌가. 모든 스탯을 1씩 올리려면 20레벨업을 해야 하는데?

-설마 2는 아니겠지?

모든 스탯을 2씩 올리려면 40레벨업을 해야 한다. 지금 몇 분 지났다고. 그게 가능할 리 없지 않은가.

'근데 저 오빠라면 왠지…….'

2도 가능할 거 같다. 2가 아니라 3도 가능할 것 같은 느낌 적인 느낌이 든다.

-아냐. 오빠라면 솔직히 3이나 4도 가능할 거 같아. 오빠는 사기니까.

-음.

동생한테 솔직히 말해줘도 되나. 한주혁은 상식을 지나치게 파괴하는 자신의 스탯 상승 때문에 잠시 뜸을 들였다.

-아. 한 3 정도 올랐나 보구나. 대박이다 오빠. 어떻게 그런 게 가능해? 스탯 100 넘긴 거, 공식적인 기록으로 아무도 없지 않았어? 오빠 쩐다 진짜! 울 오빠 출세했네! 오빠! 진짜

축하해! 진짜진짜 왕 축하해!

　-19 올랐는데.

　-……응?

　한세아는 아무런 말도 하지 않았다. 아니, 할 수 없었다. 내가 지금 잘못 들었나? 싶을 정도였다. 19? 스탯 19가 올랐다고?

　-오빠 원래 스탯 99였잖아.

　-응.

　-근데 거기서 19가 더 올랐어?

　-응, 그렇게 됐네.

　-…….

　이쯤 되니 이제 놀랍지도 않다. 아니, 더 정확히 말하자면 놀라는 것을 포기하기로 했다. 의식적으로 말이다.

　-뭐가 어찌 됐든 오빠한테……. 좋은 거네?

　놀라기를 포기한 한세아는 좋게 결론을 내렸다. 사람이 너무 놀라면 놀라움을 표현할 수 없다는 것을, 그녀는 처음 알았다. 적어도 그녀는 그랬다.

　한주혁 본인도 아닌데, 한세아는 자신의 심장이 벌렁거림을 느꼈다. 이 상태면 강제 로그아웃이라도 당할 것 같았다.

　-오빠, 나 잠깐만 로그아웃 좀 했다가 들어올게.

한주혁은 자신의 몸 상태를 점검했다.

모든 스탯이 +20퍼센트만큼 상승하면서 기본 스탯이 오른 것은 물론이고 '비활성 스탯'란에서 '활성 스탯'으로 '절대악 포인트'가 추가됐다. 이게 뭐 하는 건지는 아직 알 수 없었다.

거기에 더해 힘과 체력, 지능이 증가하면서 H/P와 M/P의 절대량이 늘었는데 거기에 또 더해 H/P와 M/P 절대량을 20퍼센트 늘리는 효과가 중첩되면서 H/P와 M/P가 모두 388만큼 증가했다.

H/P가 990일 때에도 어지간한 공격으로는 흠집조차 나지 않았는데, 그 990이 이제는 1,378이 되었다. 레벨 39에서 40으로. 딱 한 단계 스텝업을 한 것치고는 어마어마한 결과였다.

'고럼 고럼. 절대악 정도 되면 이 정도 특전은 있어야지.'

스승 새끼가 남긴 지도 퀘스트도 클리어하고.

'요르한의 인정을 받고 나면, 이제 한 명의 마음만 돌리면 되는 거지.'

그가 원하는 대로 흘러가고 있는 거다.

요르한이 무릎을 꿇었다.

"신 요르한. 주군께 충정을 바치겠습니다."

마음이 흡족해졌다. 한주혁은 요르한을 일으켜 세워줬다. 좋아 좋아. 네 살막을 내게 바쳐라…… 라는 말은 하지 않았다. 흡족한 알림이 들려왔다.

　－제2장로 요르한의 인정을 받았습니다.
　－제2장로 요르한의 습격이 클리어되었습니다.


좋다. 퀘스트 보상으로는 아마 '살막' 전체가 주어질 것 같
다. 그렇지 않고서야 어떻게 혼자서 전 세계를 상대한단 말인
가. 최소한 그런 세력이라도 좀 주어져야지.

그런데 퀘스트 보상이 주어지기 전에 요르한이 이상한 말
을 했다.

"주군께 긴히 드릴 말씀이 있습니다."

요르한의 말이 들려오자 퀘스트 보상 알림이 잠시 보류되
었다. 아무래도 요르한의 말이 끝난 뒤에 정식 보상 알림이 들
려올 모양이었다. 퀘스트 보상의 배경. 퀘스트에 대한 이해.
그러한 것들이 NPC를 통해 전해지는 거다.

'그래, 어서 살막을 내게 바쳐.'

저 정도 되는 NPC가 열심히 키운, 그것도 30년 동안 키운
단체. 그 단체를 손에 넣으면 그만큼 더 강력해지는 거다. 앞
으로 몰려올 수많은 플레이어와 NPC. 거기에 더해 히든 클래
스 7성좌까지 상대하면서 잘 먹고 잘사려면 뭐가 어찌 됐든
강해져야 하는 것 아니겠는가.

그런데 그때, 누군가 방해했다.

"저놈이다!"

"람타디안의 목을 치는 자에게 큰 상을 내리겠다."

한두 명이 아니었다. 마법사라 짐작되는 NPC 하나가 연신 주문을 외우며 워프 포탈을 유지시켰고 거기서 수많은 NPC가 소환되어 모습을 드러냈다.

'뭐야, 저것들은 또?'

또 람타디안이냐? 지겹지도 않나?

'분명 초상화도 엄청 다를 텐데.'

이제는 새롭지도 않다. 저 NPC들은 저렇게 프로그래밍 됐다. 어떻게 생겨도 상관없다. 폴리모프를 해서 얼굴을 바꾸든, 아니면 얼굴을 전부 가리든 뭘 어떻게 해도 '아서'를 람타디안으로 인식했다.

'그래도 행운이 조금 올라가긴 했는데.'

이 정도 오른 것으로는 그다지 효과가 없는 것 같다. 파천심공을 더 업그레이드할 길도 열려 있으니 필요하다면 행운을 더 높여 버리는 것도 가능하다. 아직은 두고 보는 중이지만.

'그래도 파천심공 익히니까 훨씬 낫네.'

예전에는 상대를 보면 저 상대가 얼마나 강할지, 어떤 능력을 가지고 있을지 조금은 긴장해야 했다.

올림푸스 세계는 일반적으로 플레이어보다는 NPC가 훨씬 강력한 힘을 가지고 있고 NPC들은 레벨로 그 힘이 표시되지 않기 때문에 레벨 디텍팅 같은 것으로도 파악이 불가능하다.

결국 직접 부딪쳐 봐야 그 힘을 알 수 있다는 얘기다. 그러나 지금은 약간 다르다.

'약간 거슬리는 놈들 넷. 조금 신경 써야 할 놈 하나. 나머지는 그냥 순삭(순간삭제).'

항시 활성화 상태인 파천심공이 놈들이 가진 능력을 느끼게 해줬다. 플레이어로 치면 M/P를 느끼게 해주는 것과 비슷하다. NPC들은 '마나'라는 것을 다루는데, 그 마나의 크기와 정순함을 느끼게 해준다. 상대하기 그리 어려울 것 같지는 않다.

'숫자는 대략 60명.'

아주 어중이떠중이는 아니고 그래도 하급 기사 정도는 되는 것 같다. 어느새 NPC들은 한주혁 주위를 둘러쌌다.

한주혁이 미리 말해둬서 제2장로 요르한은 은신으로 몸을 숨겼다. 위급한 상황이 아니라면 스카이데블 장로들을 활용하는 건 최소화하는 게 좋으니까. 그래서 일부러 힘을 숨기고 숨어 있는 상태.

한주혁이 물었다.

"너는 누구냐?"

가장 강력한 기운이 느껴지는 젊은 남자 NPC. 새하얀 백마 위에 앉아 있었고 가슴팍에는 황금사자가 새겨진 갑옷을 입고 있었는데 아마도 기사인 것 같았다. 그 기사가 말했다.

"너 따위가 감히 내 이름을 알려고 하는 것이냐?"

"……."

아니, 뭐 궁금해하지도 못해. 나는 지금 누군지도 모르는 람타디안으로 몰려서 억울하구만.

'억울하지만 어쩔 수 없지.'

이게 절대악의 길이라면, 그 길을 착실히 따라가면 되지 않겠는가. 캐릭터 삭제라든가, 퀘스트 초기화라든가. 그런 건 이미 너무 늦었다. 너무 먼 길을 와버렸다. 이왕 이렇게 된 거. 절대악으로 성공하면 된다.

목소리가 들려왔다.

"나는 바이에른 자작. 너 따위가 감히 이름을 알 수 있는 분이 아니시다."

"아. 그러니까 너는 바이에른 자작이라는 거지?"

한주혁은 피식 웃었다. 싸움 상대로 귀족 NPC라니. 어쩐지. 좀 있어 보인다 했다.

'내가 죽이면 아이템 안 떨구겠지?'

풀카오? 절대악? 상관없다. 그래도 일단 경고는 해줬다.

"먼저 안 치면 나도 안 친다?"

말 위에 앉은 NPC. 바이에른 자작이 헛웃음을 지었다.

"그게 지금 네가 할 소리인가?"

그는 자신만만한 얼굴로 주위를 둘러봤다.

"주위를 둘러봐라. 네가 이곳을 빠져나갈 가능성은 한없이 0에 수렴한다. 람타디안."

"……확실히 많긴 많네."

말이 60명이지, 모두가 말을 타고 있는 기사들이다. 말 60마리 위에 올라탄 기사들이 원을 그리고 자신을 포위하고 있었다. 저들이 자신만만할 만했다.

"네놈은 독 안에 든 쥐. 순순히 항복한다면 고통 없는 죽음을 고려해 주마."

"죽여도 그렇게 안 괴로운데……."

괴롭긴 하고 아프긴 하겠지만 그렇다고 정말 죽을 만큼 괴롭지는 않다.

"네놈이 플레이어라는 사실은 이미 잘 알고 있는 바. 그에 대한 대비도 모두 해왔다. 너는 이 세계에 다시금 발을 들이지 못할 것이다."

"……오!"

실제로 보는 건 처음이다. 귀족 NPC들만 가지는 '권능'을 담은 검. 저 권능을 '델리트'라고 부르는데 저 권능이 새겨진 검에는 특별한 문양이 들어가 있다. 보랏빛으로 빛나는 문양.

"표정이 몹시 안 좋군. 네놈이 이 세계에서 그렇게 패악질을 하고 다녔는데도 네놈의 죽음은 두려운가? 이 찌질하고 못난 쓰레기 종자여."

"……내 표정이 안 좋았어?"

딱히 그랬던 것 같지는 않은데. 그냥 신기해서 봤는데. 저런 거 하나 갖고 있으면 진짜 대박이겠다.

'어차피 귀족 NPC밖에 못 쓰는 거지만.'

혹여 플레이어가 저 권능이 담긴 무기를 얻었다 할지라도, 저 권능은 활성화되지 않는다. '델리트'는 오로지 귀족 NPC들만이 사용할 수 있는 권능이다.

"지금 당장에라도 무릎을 꿇고 엉엉 울 것 같은 모양새로구나."

"뭐가 이렇게 말이 많냐?"

한주혁이 냅다 뛰었다.

"도망가지 못하도록 철통같이 막으…… 으헉!"

한주혁이 움직이는 것 같길래 도망치지 못하게 하라고 명령을 내렸는데, 이게 웬걸. 저 미친 람타디안이 자신을 향해 달려드는 것이 느껴졌다. 그가 황급히 검을 내질렀다.

"자, 자작님!"

"자작님! 괜찮으십니까!"

한주혁은 호오, 하고서 재미있다는 눈으로 바이에른 자작을 쳐다봤다.

'주먹을 버텼어?'

저 NPC. 굉장히 빨랐다.

'내 평타를 막아내다니.'

못 막으란 법은 없다. 저번에 저렙 플레이어도 스킬과 아이템 등을 총동원하여 공격을 한 번 막아내지 않았던가.

바이에른 자작은 말에서 떨어져 내렸다. 더 정확히 말하자면 검을 내뻗어 한주혁의 주먹을 막아낸 뒤 공중에서 몇 바퀴 돌아 땅에 착지했다.

바이에른 자작이 씨익 웃었다.

"네놈의 필살기는 이제 끝이겠구나."

아직도 팔이 얼얼하다. 팔과 다리가 바들바들 떨리고 토할 것 같았다. 저놈의 주먹은 일반 주먹이 아니었다. 속을 전부 뒤집어 놨다.

"다들 그렇게 오해하더라."

이 정도로 강한 공격이면 절대 평타일 리 없다. 평타일 리 없고, 평타여서도 안 된다. 다들 그렇게 생각하는 모양이었다. 그래서 한주혁에게는 좋았다. 이게 끝이라고 생각하니까. 사실 그게 상식적으로 맞는 말이기도 했다.

"허세는 거기까지다."

바이에른 자작이 명령을 내렸다.

"모두 돌격! 놈은 이미 지쳤다."

'과, 과연 자작님이시다. 람타디안의 상태를 한눈에 꿰뚫어 보셨구나!'라고 생각한 기사 NPC들이 몰려들었다.

"놈을 죽여랏!"

"바이에른 기사단의 명예를 걸고서!"

말발굽 소리가 들려왔다. 그 사이를 한주혁이 누볐다.

'기사 NPC들은 처음이네.'

경비병들은 그렇다 쳐도 기사 NPC는 처음이다. 이들은 기본적으로 마나를 다룰 수 있는 NPC들. 일반 NPC보다 훨씬 강력한 이들이다.

그래서 스킬을 사용하지 않았다. 일반 평타다. 평타를 뻗었다.

–바이에른 기사단원 1명을 사살하였습니다.

아쉽게도 네임드 NPC는 아니었다. 그냥 '바이에른 기사단원'이라고 표시되는 것으로 보아 최하급 기사인 모양이다.

'어차피 기대는 안 했어.'

파천심공이 있는 이상 이제 대충 느껴진다. 그리고 또 이어진 평타.

–바이에른 기사단원 2명을 사살하였습니다.
–바이에른 기사단원 3명을 사살하였습니다.

또 평타.

–바이에른 기사단원 4명을 사살하였습니다.

다시 평타.

─바이에른 기사단원 5명을 사살하였습니다.

이어지는 평타.

─바이에른 기사단원 6명을 사살하였습니다.

평타.

─바이에른 기사단원 7명을 사살하였습니다.

계속되는 평타.

─바이에른 기사단원 8명을 사살하였습니다.
─바이에른 기사단원 9명을 사살하였습니다.

연속되는 평타에 이은 온갖 알림음. 물론 한주혁 본인에게
만 들리는 알림이다.

─아서 님이 미쳐서 날뛰고 있는 중입니다.
─아서 님이 적을 학살하고 있는 중입니다.

평타로 인한 또 다른 보상.

─NPC를 죽이고 있습니다. 절대악 포인트가 +1 상승합니다.
─절대악 칭호 효과로 인하여 경험치를 +20% 만큼 추가 획득합니다.

평타에 이어지는 레벨업까지.

─축하합니다!
─레벨이 올랐습니다!

"노, 놈도 사람이다! 곧 지칠 것이다!"
"바이에른 기사단은 두려움이 없다!"
"두려워하지 마라! 놈은 곧 죽는다!"
……라고는 하지만 한주혁의 무자비한 평타는 그 기세가 수그러들 기미가 보이지 않았다. 바이에른 자작은 뭔가 잘못되어 감을 느꼈다.

'람타디안은…… 레벨이 27이라 들었는데?'

이거 아무래도 많이 잘못된 거 같다. 저게 뭔 놈의 27이란 말인가. 정보가 잘못됐다. 그는 슬금슬금 뒷걸음질 치기 시작했다. 바이에른 자작이 기사들을 앞으로 내세웠다.

"모두 싸워라! 나를 지켜라! 저놈을 죽여라!"

남은 기사는 이제 겨우 20여 명 정도. 이놈들로도 얼마 시간을 못 벌 거 같았다. 지금은 도망쳐야 했다. 후일을 기약하기로 했다. 하찮은 기사들이 시간을 벌어주는 동안 열심히 도망치기로 했다. 저런 싸구려 인생들은 자신을 위해 죽는 것을 영광으로 알아야 할 거라고 생각하면서. 그리고 외쳤다.

"반드시 후회하게 해주마! 람타디안! 다음번에 볼 땐 목을 내놓아야 할 것이다!"

거기까지 외친 바이에른 자작은 너무 놀라 엉덩방아를 찧었다.

"도, 도대체 언제……!"

한주혁이 기사들 사이를 비집고 나와 바이에른 자작 앞에 섰다. 그러고는 바이에른 자작에게 평타를 날렸다. 이름하여 핵꿀밤.

"핵꿀밤이다."

평타인데 급소인 머리를 쳤다. 바이에른 자작은 미처 반항하지 못하고 머리를 평타에 내주고 말았다.


─바이에른 자작을 사살하였습니다.

─귀족 NPC를 사살하였습니다.

─절대악 포인트가 +2 상승합니다.


풀카오라든가 온갖 페널티를 진다든가. 그런 건 그냥 듣지도 않았다. 너무 익숙하기도 하고 그냥 듣는 둥 마는 둥 했다. 바이에른 기사단원 전부를 사살하는 데 걸린 시간은 불과 5분 정도.

'파천심공이 좋긴 좋네.'

이 정도 몸을 움직이고 나면 약간은 숨이 차게 마련인데 파천심공의 효과로 인해 지금 아주 평온한 상태다. 그냥 준비운동 조금 한 느낌.

"자. 그럼 이제 보상을 한번 들어보실까?"

중간 연계 퀘스트이긴 하지만 어쨌든 그 등급이 무려 'SSS'다. 'SSS'치고 또 지나치게 쉬운 감이 있기는 했지만 역시 어쨌든 SSS. 그 등급만큼이나 보상도 엄청날 거다. 요르한의 말이 끝나면 그 보상이 주어질 텐데. 그래서 요르한을 부르려고 했는데.

또 누군가가 모습을 드러냈다.

"과연 대단하구나."

아씨. 이번에는 또 누구냐. 한주혁이 그쪽을 쳐다봤다. 역시 파천심공만 있으면 안 된다. 기척감지 스킬도 있어야 된다. 그럼 누가 숨어 있든 금방 알아차릴 수 있었을 텐데.

"……너도 나 죽이려고 왔냐? 현상금 사냥꾼?"

"응, 죽여서 내 노예로 만들 거야."

그의 그림자에서 누군가가 불쑥 모습을 드러냈다. 한주혁도 아는 얼굴이었다.

"너는…….."

그가 씨익 웃었다.

"오랜만이다. 미친놈아."

저번에 한주혁에게 완패당한 루펜달이었다. 실력으로는 상대가 안 된다는 걸 아주 잘 알고 있을 텐데. 그럼에도 불구하고 이렇게 자신만만하게 모습을 드러냈다는 건 뭔가 숨겨진 비장의 한 수가 있다는 뜻이겠지.

루펜달이 자신만만하게 말했다.

"내가 장담하는데. 너는 이제 끝이다."

뒤를 돌아보면서 물었다.

"그죠, 주인님?"

"그럼 그럼! 저놈은 이제 내 노예야!"

로브에 가려져서 얼굴은 보이지 않지만 목소리를 들어보니 나이는 어린 것 같았다. 목소리 변조도 가능한 이 세계에서 목소리만으로 판단하는 건 좀 위험했지만.

"저런 좋은 시체를 얻을 수 있다니. 잘됐어. 너, 내 노예 하면 많이 예뻐해 줄게. 알겠지?"

그는 기분이 좋은 것 같았다. 스킬명인지, 시동어인지 모를 주문 같은 것을 외웠다.

"일어나라. 죽음의 병사들이여!"

그 이후 로브의 남자도. 루펜달도. 그리고 한주혁조차도 예상하지 못했던 일이 벌어졌다.

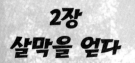

2장
살막을 얻다

"일어나라. 죽음의 병사들이여!"

그것이 아마도 시동어인 듯했다. 주변에 널려 있는 시커먼 잿더미들에서 반응이 일기 시작했다. 잿더미들에서 뭔가가 솟아나기 시작했다.

'역시 네크로맨서가 맞네.'

언데드들이었다. 조금 특이하긴 했다. 원래대로라면 시체를 언데드로 만든다고 해서 그 시체가 되살아나는 개념은 아니다. 올림푸스의 네크로맨서가 스킬을 사용하면 그 시체를 제물로 사용하여 또 다른 마수를 소환하는 것에 가깝다.

루펜달이 자랑스레 말했다.

"어떠냐? 이것이 바로 주인님께서 가지신 위대한 힘이다."

살아생전의 모습 그대로. 다만 창백한 얼굴로 되살아났다.

일반적인 언데드들과 다르게 살아생전의 기억도 가지고 있는 모양이었다.

바이에른 자작이 쿡쿡대고 웃었다.

"감히 날 죽여?"

바이에른 자작은 로브를 뒤집어쓴 플레이어에게 고개를 숙였다.

"영혼의 계약으로 묶인 주인님을 뵙사옵니다. 이 바이에른은 주인님께 몸과 마음을 모두 바치겠으며, 주인님의 충실한 종이 되겠사옵니다."

그러고서 자신만만한 얼굴로 말했다.

"내게 어둠의 힘이 강림하였다. 이제 너 따위는 감히 어쩌지 못할 것이다!"

그의 몸에서 검은색 기운이 흘러나왔다. 저게 바이에른 자작이 말하는 '어둠의 힘'인 듯했다. 적어도 생전의 자신보다는 훨씬 강력하다고 생각하는 것 같았다.

한주혁도 생각했다.

'뭔가 있긴 있나 보다.'

루펜달의 표정을 보아하니 아주 자신만만했다.

'시체들을 보니까 히든 클래스인 거 같고.'

그렇다면 어떤 힘이 숨겨져 있을지 모른다. 어쩌면 꽤 강력할 수도 있다. 보아하니 저 '어둠의 힘'이라는 것이 어마어마하게 강력한 버프를 걸어주는 모양이었다. 생명체가 아니라고 인식되어서인지는 몰라도 파천심공 역시 놈이 얼마나 강해졌는지 캐치해 내지 못했고.

"지금 당장 너를 죽여주……."

거기까지 말했을 때. 바이에른 자작은 더 이상 말을 하지 못했다. 뭔가 말을 하려고 하는데 꺽꺽 소리만 나올 뿐. 말이 나오지 않았다.

한주혁에게 알림이 들려왔다.

-절대악 칭호 효과의 발현 조건을 만족하였습니다.

-베일에 가려져 있던 절대악 칭호 효과가 개화합니다.

난데없이 예상보다 훨씬 더 빠르게 -로 표기되어 있던 절대악 칭호 효과 하나가 개화되어 버렸다.

-모든 흑마법의 산물에게 강력한 지배력을 발휘합니다.

언데드들이 괴로운 듯 기괴한 소리를 냈다.

"크그극……! 크그그그!"

마치 좀비처럼 몸과 관절이 기형적으로 꺾였다. 로브를 뒤집어쓴 플레이어가 겨우 입을 열었다.

"왜, 왜 내 말을 안 들어?"

그는 당황한 듯 다시 외쳤다.

"내 명령에 따를지어다!"

크그극!

그그그극극극!

"아, 아이참! 내 명령에 따라줘!"

그러나 언데드들은 이러지도 저러지도 못한 채 제자리에서 빙글빙글 돌거나 주저앉거나 하는 등의 이상한 모양새를 취하고 있었다. 그때, 한주혁에게 알림이 들려왔다.

─파천심공의 강력한 기운이 사령술에 저항합니다.

로브의 플레이어가 또 외쳤다.

"저놈을 공격해라! 나의 충성스러운 권속들아!"

그 충성스럽다는 권속들의 눈빛이 한주혁을 향했다. 마치 당장에라도 공격을 하겠다는 듯 말이다.

─파천심공의 기운이 사령술의 기운보다 더 강력합니다.

─파천심공의 기운이 흑마법의 산물에게 매우 강력하게 작용합니다.

─절대악 칭호 효과와 파천심공의 기운이 흑마법의 산물에 대한 지배력을 강탈하는 데 성공했습니다.

한주혁은 볼을 긁적거렸다.

'절대악에 이어 이제는 시체 강탈이냐?'

아무리 절대악이라지만 시체를 강탈하다니. 이런 날도둑 같은 능력이 다 있단 말인가. 한주혁이 물었다.

"너네 내 말 들을래?"

그랬더니 언데드들 몇몇이 그 말을 알아들은 듯 고개를 끄덕였다. 루펜달은 황당하다는 듯 한주혁과 언데드. 그리고 주인을 쳐다봤다. 루펜달은 이 상황을 이해할 수 없었다. 이건 뭐지?

"루펜달, 너도 언데드냐? 꼴을 보아하니 그런 거 같은데."

아마 종속계약인지 뭔지 그런 걸 맺어서 저 플레이어와 함께 행동하는 것 같다. 주인으로 모시고 있는 걸 보면.

"그럼 너도 내 말 들을래?"

―파천심공의 기운이 흑마법의 산물에게 매우 강력하게 작용합니다.

―절대악이 가진 파천심공의 효과가 흑마법의 산물에게 매우 강력한 지배력을 발휘합니다.

"누가 너 따위의 말…… 을…… 크윽! 크아아악!"

루펜달은 더 이상 말을 할 수가 없었다. 심장에 엄청난 통증이 느껴졌다. 죽을 것 같았다. 상상을 초월하는 고통에 그는 주저앉아 가슴팍을 쥐어뜯었다.

"거봐. 그냥 내 말 듣고 팔 벌려 뛰기 10회 실시!"

"시, 시발……!"

루펜달은 울며 겨자 먹기로 팔 벌려 뛰기를 해야만 했다. 안 하면 죽을 것 같았으니까. 실제로 H/P도 떨어져 내렸다. 루펜달만 그런 게 아니다. 한주혁의 말을 알아들은 언데들 10여 마리가 팔 벌려 뛰기를 했다.

언데드를 빼앗긴 플레이어는 어찌할 바를 몰라 했다.

"어, 어, 어떡하지? 어떡하지?"

한주혁은 황당했다. 주인이라면서? 뭔가 엄청 세 보이는 히든 클래스인가 했더니. 클래스만 운 좋게 히든 클래스를 얻은 것 같다. 애초에 경험 자체가 별로 없어 보인다. 어쩌면 루펜달이 꼬드겨서 이렇게 자신을 찾아온 걸지도 모른다.

한주혁이 물었다.

"하. 너 몇 살이냐?"

"여, 열아홉 살…… 아, 아니. 말해줄 수 없다!"

"……."

"아, 아니. 없어요. 죄송해요."

열아홉 살? 이건 뭐. 완전 어린애네. 네크로맨서로 전직한 거 보면 정규 커리큘럼을 따르지는 않은 것 같은데.

"어떡할래? 애네도 내 말 들을 거 같은데. 너한테도 알림 갔지?"

언데드들은 갈피를 잡지 못하고 있기는 하지만 저 플레이어보다는 한주혁 자신의 명령을 더 잘 따르는 것 같았다. 저 플레이어도 그걸 깨달은 것 같고. 한주혁이 어깨를 으쓱했다.

"나 먼저 안 치면 나도 안 죽이는데. 너 아직 나 안 쳤어."

저런 초짜 잡아서 어디다 쓰나 싶다. 그냥 운 좋게 히든 클래스 얻어걸린 생초보. 생초보의 말투는 어느새 공손해졌다.

"……저 가도 돼요?"

기가 차서 말도 안 나왔다.

"진짜 갈게요?"

나 참. 저것도 히든 클래스라고. 심지어 대륙에서 금지하고 있는 흑마법을 익힌 네크로맨서. 한주혁이 고개를 끄덕였다. 그런데 그때, 언데드들이 발작을 일으키기 시작했다.

"크에에에에엑!"

네임드 NPC인 바이에른 자작도 완전히 미쳤다. 눈은 흰자 위만 보이고 입에서는 침이 질질 흘러나왔다. 누군가를 공격하려는 것처럼 보이지는 않았지만 미쳐서 날뛰다가 어디론가 사라져 버렸다.

"나, 지, 진짜 가요?"

"……그래라."

그 와중에 예의는 또 발랐다. 공손하게 허리를 숙였다.

"살려줘서 고맙습니다."

예의를 아는 그 네크로맨서는 총총걸음으로 멀어져 갔다. 혼자 남은 루펜달은 한주혁을 멍하니 쳐다보다가 황급히 말했다.

"형님, 여태까지는 그냥 장난이었습니다. 헤헤."

양손을 간신배처럼 비볐다.

"장난?"

"네, 그렇습니다. 저 빌어먹을 네크로맨서한테 도망치려고 어쩔 수 없이 연기했어요. 어휴. 우리 형님. 신발에 흙 묻으셨네. 제가 다 털어드릴게요."

연기치고는 지나치게 자연스럽던데.

"흠. 진짜입니다, 형님. 제가 형님의 발닦개가 되겠습니다. 뭐든지 시켜만 주십쇼!"

한주혁이 씨익 웃었다.

"너, 내 말 안 들으면 H/P 쭉쭉 떨어지더라. 잘은 모르겠는데 배신하면 그냥 즉사할걸?"

"물론입죠. 저는 배신 같은 거 모르는 사나이입니다. 앞으로 영원히 형님으로 모시겠습니다."

그렇게 루펜달은 살아남았다. 한주혁의 미소가 짙어졌다.

'아이템 수거용 펫 안 사도 되겠다.'

전면에서 행동할 때는 이미 얼굴이 잘 알려져 있는 루펜달을 활용할 수 있겠다는 생각도 들었다.

'일석이조지.'

공짜 펫(심지어 그 펫의 레벨이 50대다. 새로 사면 1부터 시작이다)을 얻은 한주혁은 기뻤다.

"으아. 그 사람 포스 장난 아니었어."

그녀는 너무 무서웠다. 그래도 살려줘서 다행이란 생각이 들었다. 몇 번 죽어보긴 했는데, 죽는 경험은 도무지 익숙해질 거 같지가 않다.

"레벨 다운도 안 당했고."

다행이었다. 이제 겨우 레벨 13까지 올렸는데. 벌써 렙다(레벨 다운)당하면 좀 억울하지 않겠는가.

그녀는 올림푸스 매니아에 들어가 봤다.

"응?"

뭔가 이상한 동영상이 떠돌고 있었다.

크게게게게겍−!

크기기기긱!

흑마법에 중독된 언데드들이 무차별 자폭공격을 하고 있었다. 그 언데드들은 사람이 보이면 달려가 자폭공격을 시전하고, 몇 시간 뒤 되살아나 또다시 공격을 해댔다. 덕분에 신전의 고위 성기사들이 긴급 소집되었으며 플레이어들에게 퇴치 퀘스트도 많이 떨어졌다.


−저 언데드들은 람타디안을 추적하던 기사 NPC들이었대.

−람타디안이 그럼 네크로맨서였어?

-아직 확실하지는 않은데 NPC들은 그렇게 생각하고 있는 거 같더라고.

그녀는 눈을 크게 떴다.

'내가 만든 언데드들인데.'

명령도 안 내렸는데 자폭공격을 해대고 있었다. 그 폭발력이 굉장히 강해서 상당히 큰 피해를 입힌 모양이다. 주인이 두 명이 돼서 혼란스러웠는지 발작을 일으킨 것 같았다.

그런데 꽤 높은 보상의 퀘스트들이 각 연합에 떨어졌다. 제목은 조금씩 달랐는데 그 내용은 거의 비슷했다.

-흑마법을 익힌 람타디안을 사살하라!

-흑마법으로 많은 피해를 입힌 람타디안을 사살하라!

그래서 올림푸스 매니아에는 수많은 구인 공고가 올라왔다.

-람타디안 잡으러 가실 임시 연합원들 모집합니다.

-탱커, 성직자 우대합니다.

-성직자 플레이어에게 일반 보상의 100퍼센트 추가 지급합니다.

-급구! 람타디안 정규 공격대 구성합니다. 특별 보상으로 블루스톤 2개 겁니다.

그녀는 사건의 전말을 거의 알고 있다. 람타디안이 억울한 누명을 쓰고 있다.

"람타디안이 그런 게 아닌데……."

자신이 한 거다. 그리고 자신을 살려준 그 남자가 그랬다.

"어쨌든 다행이다."

저 언데드들을 만든 게 자신이라는 게 밝혀지면 엄청나게 곤란해질 뻔했는데. 다행이었다.

"도대체 그 남자는 누구였을까?"

그 남자는 풀카오였다.

"어떻게 내 영혼 속박술보다 강력한 사령술을 사용한 거지?"

그녀는 궁금했다. 그녀의 스승이 말했었다.


"영혼 속박술을 대성한다면, 이 세상의 그 어느 누구도 네 위에 있지 못할 게다. 단 한 명을 제외하면."

"그 한 명이 누군데요?"

"이 세상을 다스리실 분이시며 유일한 왕이시다."

"그분이 누구세요?"

"그건 나도 모른다. 이것만 명심하여라. 너는 일인지하 만인지상의 위치에 놓일 위대한 아이란다. 시간이 없어 내 모든 것을 전수하여 주지는 못하지만…… 오랜 시간이 흐른 뒤 너는 대륙의 영웅으로 이름을 새기게 될 것이다. 언제 오실지는 모르겠으나 그분은 반드시 오신다. 그분과 함께 모든 역경을 이겨내고 대륙을 제패하거라."

한주혁의 예상대로 그녀는 히든 클래스를 가졌다. 대성한 다면 그 어떤 클래스와 붙어 싸워도 절대로 지지 않을 능력을 가졌다…… 라고 그녀의 스승이 말했다. 그녀의 클래스명은 '앱솔루트 네크로맨서'였으며 클래스 등급은 'SSS'였다.

그렇다면 혹시, 그 남자가 스승님이 말한 '유일한 왕'이 아니었을까. 그런 생각이 문득 들었다. 아까는 너무 당황해서 아무런 조치도 하지 못했지만 말이다.

"어흐. 바보!"

차라리 좀 붙잡고 같이 다닐걸. 그녀가 가진 SSS등급 퀘스트. '절대악을 보필하라'에 대한 아주 작은 단서라도 잡을 수 있었을 텐데. 거기까지 생각이 미치자 아쉬워 죽을 것 같았다. 이 넓고 넓은 올림푸스 세계에서 또 언제 그 사람을 만나겠느냐 말이다.

"바보! 바보! 바보!"

그때 그녀의 핸드폰이 울렸다. 그녀가 활짝 웃었다. 가장 친한 언니의 전화였다.

"응, 세아 언니! 무슨 일이야?"

오랜만에 꽃단장한 동생이 보였다. 평소에 잘 신지도 않는 하이힐부터 시작해서 월급 열심히 모아서 딱 하나 산 명품 백.

때 탄다고 평소에는 잘 입지 않는 아이보리색 롱 코트. 그 위로 보이는 한세아의 얼굴은 평소 한주혁이 아는 한세아의 얼굴이 아니었다.

"누구세요?"

"……님 동생이요."

한주혁은 화장에 대해서 잘 모른다. 그러나 이것만큼은 확실히 알 수 있었다. 내 동생은 사기꾼이다. 얼핏 보면 화장을 많이 한 것 같지 않은데 얼굴이 확실히 달라져 있었다. 검은색이었을 것이 분명한 눈썹이 약간 갈색으로 변해 있는데 그게 브라운 계통의 머리카락 색깔과 굉장히 잘 어울렸다. 눈썹 색깔이 조금 변한 것만으로도 전체적인 분위기가 확 바뀌었다.

"거짓말하지 마세요."

"……왜? 나 똑같지 않아?"

"어. 안 똑같아."

뭘 어떻게 한 건지는 모르겠지만 눈매가 다듬어져 있었고 눈썹도 길어져 있었다. 코가 높아져 있었고 볼도 생기 있는 붉은색과 상큼한 분홍색 그 중간 어느 즈음의 색깔로 터치가 되어 있었다.

한주혁이 물었다.

"……어디가?"

"내가 세상에서 제일 좋아하는 동생 만나러."

"아. 그 어릴 때부터 우연히 계속 같은 학원 다녔다는?"

10살 무렵에는 같은 수영학원을 다니면서 친해졌고 또 13살? 14살쯤에는 올림푸스 아카데미의 멘토&멘티 프로그램에서 멘토와 멘티로 만나서 더 친해졌다고 들었다. 거기에 17살에는 또 우연히 같은 헬스장에서 만나 같이 운동했고 19살에는 또 우연히 같은 산책로에서 만나 매일 산책을 같이 했다나 뭐라나.

"응, 나랑 엄청 킹왕짱 친한데 이상하게 오빠랑은 한 번도 못 봤네."

"내가 방구석 폐인이었으니까 그렇지."

음. 그건 그래. 한세아는 고개를 끄덕였다. 하지만 오빠의 흑역사인지라 굳이 입 밖으로 내지는 않았다.

"하여튼 오빠도 이제 번듯…… 은 아닌가. 어쨌든 당당한 사회인이니까 바깥 활동도 좀 하고 그래. 내가 세송이도 소개시켜 줄게. 아, 얘 미성년자라 안 되나?"

한주혁은 인상을 찡그렸다.

"야야. 도대체 뭔 생각을 하는 거야? 소개는 무슨 얼어 죽을 소개. 얼굴에 가면이나 쓰고. 어휴. 됐다. 후딱 나갔다 와라."

한세아가 삐진 듯 입술을 내밀었다.

"이렇게라도 안 하면 세송이 때문에 너무 꿀린단 말이야. 나도 화장하는 거 짱 귀찮다 뭐."

한주혁도 동생이 화장하는 거 잘 못 봤다. 어쩌다가 한 번 저런다.

"걔랑 같이 다니려면 열심히 꾸며야 돼. 세송이는 아무 생각 없는데, 주위 사람들이 손가락질해. 너무 비교된다고. 가면이라도 써야 덜 쪽팔리단 말이야. 아. 물론. 아닐 수도 있어. 자격지심일 수도 있어. 근데 오빠도 걔 보면 그럴 수밖에 없을 거야. 그냥 보는 순간 입이 떡 벌어져. 지나가면 남자들이 입 벌리고 쳐다봐. 저번에 어떤 덜떨어진 운전자가 얘 보다가 앞차랑 박았다? 진짜 어이없지? 근데 그게 내가 본 것만두 번이야. 그니까 내가 가면이라도 써야지. 그래야 같이 다니는데 좀 덜 창피하지. 아니, 뭐 그렇다고 내가 진짜 창피하다거나 그런 건 아냐. 그냥 그만큼 걔가 예쁘니까 나도 예의상 나름 예쁘게 한다, 뭐 그런 거야."

동생은 마치 자신의 자격지심에 정당성을 부여하듯 아주 열심히 사실을 근거로 설명했다. 한주혁은 동생이 이렇게 길게 얘기하는 걸 처음 봤다. 그래서 대충 편을 들어줬다.

"너도 아주 못생긴 편은 아니니까 힘내."

솔직히 말해 한세아는 예쁘다. 한주혁도 어느 정도 인정은 하는 편이다. 다만 동생이라서 안 예쁠 뿐.

"어쨌든 나 나갔다 온다!"

이러니저러니 해도, 세송을 만나러 가는 세아의 얼굴은 굉장히 밝아 보였다. 한주혁은 피식 웃었다.

'열아홉 살?'

좋을 때네.

'그 히든 클래스도 열아홉 살이었는데.'

다시 생각해 보면 되게 웃긴 녀석이었다. 히든 클래스쯤 되면 노하우라든가 숨겨진 힘이라든가. 있게 마련인데 그 녀석은 새하얀 백지 같았다. 어떤 능력을 가졌는지는 모르겠지만 그냥 저렇게 성장하면 히든 클래스의 이름을 그냥 버리게 될 거다.

'좋은 스승을 만나면 모를까.'

그 히든 클래스에 관한 생각은 접기로 했다. 이 드넓은 올림푸스 세계에서 억지로 만나려는 게 아닌 이상, 우연히 다시 만날 확률은 한없이 0에 수렴한다. 그저 스쳐 지나가는 헤프닝이었을 뿐이다. 그는 그렇게 생각했다.

올림푸스에 접속했다.

제2장로 요르한이 무릎을 꿇었다.

"주군께 아직 말씀드리지 못한 것이 있습니다."

한주혁은 고개를 끄덕였다. 이 말을 다 듣고 난 이후에, 퀘스트 보상이 진행될 거다. 마음 같아선 SKIP을 외치고 싶지만 또 저 말 속에 어떤 힌트가 숨어져 있을지 모른다. 열심히 듣기로 했다.

"……그렇게 된 것입니다."

"그렇군."

한주혁은 감탄했다.

'살막이 그 정도야?'

S급 살수가 2명, A급 살수가 20명, B급 살수가 100명, C급부터는 그 숫자를 헤아릴 수 없을 정도란다. 수많은 이들이 지원하고 또 수많은 이들이 죽어 나간다.

'사업체가 12개.'

모두 이름이 다르지만 본질적으로는 살막이었다. 최종 의뢰는 청부 살인. 그렇지만 또 청부 살인이 대부분인 건 아니었다. 대부분의 의뢰는 누군가를 미행, 감시한다거나 정보를 캐오거나, 호위를 한다거나. 사업체의 이름은 다르지만 살막은 그 이름을 앞세워 세력을 확장해 놓은 상태였다.

"귀족들과도 친분이 있다고?"

"예, 저는 전면에 나서지 못합니다만…… 살막은 고위급 귀족들과 연결선이 있습니다. 애초에 고위급 귀족들이 없다면 저희도 이렇게 클 수 없었습니다."

"S급 살수의 능력은?"

"살수의 특성상 전면전에서는 매우 취약한 모습을 보입니다. 그러나 철저한 준비를 통해 기습만 잘한다면 제국의 상급 기사도 죽일 수 있을 것입니다."

"……."

한주혁은 순간 할 말을 잃었다. 제국의 상급 기사. 플레이어로 치면 레벨이 80~90 정도 되는 초고레벨 NPC다. 물론 그들이 직접적으로 무력을 행사하는 걸 본 적은 거의 없다. 아주 중요한 퀘스트에서나 모습을 드러내는 놈들이니까. 상급 기사 위에 또 다른 기사들이 있다는 소문도 있기는 하지만 그건 어디까지나 소문일 뿐.

"살막은 각종 이권에 개입되어 있는 상태입니다."

그제야 알림이 들려왔다.

-'요르한의 습격' 퀘스트가 클리어되었습니다.
-'요르한의 습격' 퀘스트 클리어 보상이 주어집니다.

"이 모든 것은 절대자의 것이기도 합니다."

-'요르한의 습격' 퀘스트 클리어 보상으로 '살막'이 주어집니다.
-살막은 세계 2대 살수 단체 중 하나입니다.

요르한의 습격을 막아냈더니 세계 2대 살수 단체 중 하나를 그냥 꿀꺽했다. 제국 상급 기사를 죽일 수도 있는 살수 2명이 포함된 살수 단체를 말이다.

'이야.'

절대악. 이거 되게 좋네. 행운 -99? 그딴 게 무슨 상관이냐.

"월수입은 어느 정도 되지?"

"체제 유지에 엄청나게 큰돈이 들어갑니다. 귀족들에게 뇌물도 많이 쓰고 있습니다. 따라서 매출 대비 순수익은 그리 크지 않습니다."

"구체적으로?"

"제 순수익은 연간 3억 정도밖에 되지 않습니다."

생각보다는 적었다. 아무래도 이 비밀스러운 조직을 유지하는 데 어마어마한 비용이 들어가는 모양이었다. 세계 2대살수 단체의 수장이 말하는 순수익이 겨우 연간 3억 골드라니. 큰돈이라면 큰돈이지만 또 적다면 적은 돈이었다.

'아. 근데.'

생각해 보니,

'이 짓을 30년 했다며?'

그럼 저축한 것도 꽤 될 텐데.

"물론 비상시를 대비한 재화도 따로 비축하고 있습니다. 그것이 약 20억 골드 정도 됩니다. 또한 제가 사적으로 저축하고 있는 골드가 40억 골드 정도 됩니다."

한주혁은 침을 꿀꺽 삼켰다.

'비상시를 대비한 건…… 뇌물 같은 거고. 저건 남겨둔다 치더라도 40억의 잉여 골드가 남는 거네.'

설마 저것도 다 넘기는 건가. 나한테? 그래서 SSS등급 퀘스트였나? 에이. 그래도 아니겠지. 살막의 지휘권을 나한테 넘기는 것까지는 그렇다 쳐도.

"이 모든 것을 절대자께 바치겠습니다."

─추가 보상. 60억 골드가 지급됩니다.
─축하합니다!
─살막이 소유한 60억 골드에 대한 소유권이 이전됩니다.

한주혁은 얼른 정신을 차렸다.

"요르한, 일어나라. 네 충정을 잘 알겠다."

그러고서 절대자인 척 말했다.

"살막이 비상시를 대비하여 소지하고 있는 20억은 그대로 갖고 있도록 해라."

혹시 무슨 일 생기면 써야지. 이 소중한 살막을 없애버릴 수는 없지 않은가.

"또한 나는 살막에 관하여 잘 알지 못한다. 살막은 여태까지와 마찬가지로 요르한 네가 이끌어가도록 한다. 나머지 네가 모은 40억은 전액 스카이데블의 부흥과 발전을 위하여 사용하도록 하겠다."

요르한의 눈에 눈물이 고였다. 그는 여태껏 절대자를 의심했었다. 자신이 평생 일구어놓은 이것들을 가지고 도망쳐 버리면 어쩌나. 그런 치졸한 놈이면 어쩌나. 그렇게 생각했다. 플레이어들은 다른 세상으로 이동이 가능하고 다른 세상으로 이동해 버리면 쫓을 길이 없으니까.

하지만 이 절대자는 아니었다. 절대자는 절대자. 60억 앞에서 전혀 흔들림이 없는 모습을 보여줬다.

"주군께 충성을 바치겠습니다!"

한주혁은 씨익 웃었다. 지금 60억. 아니, 40억이 문제가 아니었다. 상급 귀족들과 연이 닿아 있는 살막의 통제권을 얻었다. 스텝업 퀘스트를 따낼 수 있는 길까지 열린 거다.

우연의 일치인지는 몰라도 그때 전체 알림이 들려왔다.


─1번 성좌의 주인이 확정되었습니다.

─2번 성좌의 주인이 확정되었습니다.


1번 성좌? 2번 성좌? 좆 까라 해. 적어도 지금. 한주혁은 자신감에 가득 찼다. 일단 7번 성좌는 죽어도 내 편이니 나머지 6성좌와만 싸우면 된다. 만약 7명의 성좌라는 놈들이 상상을 초월할 정도로 강하다면 정말 최후의 보루로 동생한테 죽어주면 그만이다.

'인생이 피겠어.'

아파트 한 채. 차 한 대. 이제 이 정도 꿈은 금방 이룰 수 있을 것 같은 기분이 들었다.

그런데 여기서 끝이 아닌 듯했다.

"주군. 아직 말씀드리지 못한 것이 남아 있습니다."

"무엇이지?"

"제3장로 렉서에 관한 것입니다."

"말해봐라."

12장로 중 7명의 장로가 원래부터 우호적이었다. 나머지 5명의 인정을 얻으면 되는데 요르한까지 총 4명의 인정을 받았다. 이제 1명의 인정만 더 받으면 장로들의 인정을 획득하는 퀘스트는 클리어하게 된다. 그 남은 1명이 바로 제3장로 렉서다.

"렉서는 매우 위험한 장로입니다."

"위험하다?"

"저는 주군께 경고를 했습니다. 무기를 들라고 얘기까지 했습니다. 하나 그는 다를 것입니다. 저보다 더 은밀하게 그리고 저보다 더 치명적인 공격을 가할 것입니다. 그때가 언제인지는 알 수 없습니다만……."

"렉서도 살수이더냐?"

"그렇습니다."

이거 좀 골치 아프게 됐다. 살막의 S급 살수가 80~90대 기사를 죽일 수 있다고 했다. 그 정도 능력의 혹은 그보다 더 강력한 살수가 마음먹고 몰래 기습하면 치명상을 입을 수도 있다. 현재 그의 스탯은 레벨 99를 초과했지만 결정적으로 완전 노아이템, 거의 노스킬인 상태니까.

"렉서는…… 흑화당의 당주입니다."

"……."

한주혁은 순간 할 말을 잃었다.

'진짜?'

그리고 왠지 조금 기뻐졌다.

'세계 2대 살수 단체가 둘 다 스카이데블 소속이었어?'

이야. 이거 무슨 그림이 이렇게 아름답게 딱딱 맞아떨어지는가. 너무나 아름다운 상황 아니겠는가.

'그럼 그거 두 개 다 먹으면.'

세계 2대 살수 단체를 다 꿀꺽하는 거 아니겠는가. 기분이 좋아졌다. 1개 단체에 적립액이 60억 있었으니 거기도 그쯤은 있겠지.

이 정도면 스카이데블 은신처를 좀 사람답게 만들고 그럴 수 있겠어. 그래. 까짓것. 11명의 인정을 받았는데 1명의 인정을 못 받겠어?

'대박이다!'

그런데 그때. 귓속말이 들려왔다. 동생이었다.

─오빠!

목소리가 제법 다급했다.

# 3장
## 앱솔루트 네크로맨서

"죄송해요. 관심 없어요."

그녀의 매몰찬 거절에 한 남자가 머쓱하게 웃고는 자리로 돌아갔다. 한세아는 그 광경을 보면서 고개를 절레절레 저었다.

"너도 진짜 피곤하겠다."

"처음 보는 사람한테서 뭘 보고 반했다고 저러는지 모르겠어."

"너 정도면 한눈에 반할 만하지 뭐."

"에이. 무슨 말도 안 되는 소리야. 내 눈에는 언니가 훨씬 이뻐."

한세아는 말하고 싶었다. 내가 더 예쁘면 왜 카페 안에 사람들이 전부 너만 힐끗거리냐?

'정말이지.'

정말 오래 봐왔지만 세송은 참 독특한 캐릭터다. 자기가 예쁜 걸 알긴 아는데 자신의 예쁨을 좀 과소평가하고 있다. 한껏 화려하게 꾸민 자신과는 달리 화장기 하나 없는 수수한 얼굴에 흰 맨투맨 티셔츠, 청바지만 입고 있는데도 시선을 잡아끄는 어마어마한 매력을 가지고 있는 아이.

"너는 네가 얼마나 예쁜지 좀 자각할 필요가 있어. 한눈에 반한다는 거, 내 생각에는 충분히 가능해."

"하여튼 싫어. 외모만 보고 접근하는 거잖아."

외모만 보고 접근하지 그럼 처음에 뭘 보고 접근하냐? 세상 풍파를 더 많이 겪은 언니 한세아는 고개를 저었다. 그래, 아직 어려서 순진해서 그런 거야. 세상에는 마음 먼저 보고 접근하는 남자는 없단다. 일단 외모가 예뻐야 접근하든 말든 하는 거야. 그 말은 해주지 않았다. 19살 어린 동심(?)을 파괴하고 싶지 않았다.

한세아가 가볍게 웃었다.

"너 그리고 솔직히 말해. 남자 공포증 아직도 못 고쳤지?"

"어, 언니. 나, 나는 그런 거 없어. 공포증이라니. 그런 거 없는 아이야, 나는."

"또 말 더듬는다. 별명은 얼음공주인데 영 허당이란 말이야."

"……언니 미워."

"근데 그거야 뭐. 네가 남자 경험이 너무 없으니까 이해는 해."

사실 말이 공포증이지, 공포증까지는 아니다. 다만 남자 앞에만 서면 목소리가 딱딱해지고 표정이 냉랭해지며 대답도 짧게 단답식으로 해버린다. 한세아도 그걸 안다. 저 아이가 일부러 저러는 건 아니다. 저런 사기적인 얼굴과 몸매를 가졌음에도 불구하고 모태솔로인 저 아이의 성격이 그냥 그럴 뿐이다.

한세아와 천세송은 오늘도 좋은 시간을 보냈다. 카페에 앉아서 도란도란 떠들기만 하는데도 시간이 어찌나 빨리 가는지. 이상하게도 그날따라 카페에 남자 손님들이 복작거렸다는 건 후문이다.

"역시 언니한테 얘기하길 잘했어."

"그럼. 비밀 없기로 했잖아. 근데 너 이 내용 어디 가서 절대 말하지 마. 진짜 큰일 날 수도 있어."

"알겠어. 언니한테밖에 말 안 했어."

"조심히 들어가. 들어가면 꼭 잘 도착했다고 카톡하고."

"언니도 꼭 카톡해!"


한세아는 당장 근처의 올림푸스 캡슐방을 찾았다. 집까지 가는 1시간도 아까웠다.

바로 귓말을 보냈다.

─오빠!

한주혁은 올림푸스에서 빠져나왔다. 생각하지도 못했다.

"일 대 칠의 싸움이 아니었단 말이지?"

제우스가 어떤 큰 그림을 그리고 있는 건지, 그 메인 시나리오가 어떻게 되는지는 아직 모른다. 그냥 알기로는 '절대악 VS 7성좌' 정도만 안다. 현재까지 1성좌, 2성좌, 7성좌의 자리가 확정되었다. 7성좌는 동생이고.

그런데 세아의 말을 들어보니 절대악에게는 절대악을 보필하는 보조 클래스들이 있는 모양이었다.

한세아가 헐레벌떡 뛰어 들어왔다.

"오빠!"

얼굴이 새빨개지고 숨을 헥헥대는 것이 열심히 달려온 모양이었다. 한주혁이 말했다.

"네가 말한 게 다 진짜야?"

"어. 진짜야. 세송이도 지금 아무한테도 말 안 했대."

"근데 그런 중요한 걸 너한테 말해?"

"세송이랑 나는 소울메이트니까! 잠깐만. 나 숨 좀 쉬자."

한세아는 한참이나 헥헥거리며 숨을 다독였다.

"아. 진짜 미안하네. 우리는 비밀 없는 사이인데. 나는 아직 말 못 했어."

"뭘?"

"그냥 내가 아는 사람이랑 연관된 퀘스트일 수도 있다고만 말했단 말이야."

한세아는 냉장고로 가서 물을 꺼내 벌컥벌컥 마셨다. 그러고서 말했다.

"오빠가 절대악인 거. 말 안 했다고."

"……."

한주혁은 뜨끔했다.

"그게 뭔 소리야?"

"오빠가 말해줄 때까지 그냥 계속 모르는 척하려고 했는데 안 되겠어."

사실 상황이 그랬다. 이 오빠가 가는 곳마다 '블랙 몬스터' 들이 생겨나고 절대악 탄생했다는 알림과 동시에 말도 안 되는 스탯업이 일어나고. 거기에 레벨에 비해 말도 안 되는 강력함을 가졌고. 뿐만 아니라 풀카오고. 어느 날 갑자기 나타나 강력한 NPC들을 부리고.

결정적으로 오빠를 때리고 도망치게 만들자 7번 성좌로 확정되고.

"오빠의 상황을 이해는 하지만 그래도 좀 서운해. 나한테 그냥 말해주면 머리 맞대고 한씨 가문을 일으킬 수 있을 텐데."

"……."

한주혁은 어깨를 으쓱했다.

'뭐. 언젠가 알 거라고는 생각했지만.'

그래도 동생이 아주 멍청이는 아닌 듯했다. 어쩐지. 자신에 관한 것을 너무 안 묻는다 했다. 호기심 왕성한 동생인데. 동생은 한주혁 자신을 배려하고 있었던 거다. 스스로 말해줄 때까지.

"아무한테도 말 안 했지?"

"당연하지. 난 이미 오빠랑 한배 탔는데. 이거 알려져서 신상 털리면 진짜 우린 끝이야. 전 세계를 적으로 돌리고 있다고. 심지어 나는 7번 성좌인데 오빠 돕고 있다고 해봐. 진짜 끝이지."

한세아는 머리를 쥐어뜯었다.

"아! 세송이한테 나 성좌인 것도 말 못 했어. 양심의 가책이 마구마구 느껴져."

"아무리 친해도 비밀은 있는 법이야. 프라이버시고 그건 사적인 영역이니까 지킬 건 지켜야지."

"세송이랑 난 그런 거 없었거든? 세송이는 자기 클래스까지 오픈했고 절대악을 보필하라는 퀘스트까지도 전부 다 오픈했어. 걔 히든 클래스란 말이야."

"히든 클래스?"

"응, 이름이 좀 오글오글하긴 해. 앱솔루트 네크로맨서?"

"네크로맨서라고?"

네크로맨서?

"야, 걔 열아홉 살이라고 그랬냐?"

"응, 열아홉."

"레벨은 몇인데?"

"아 뭐라더라. 말해줬는데. 13? 14? 하여튼 그 정도 돼."

"아…… 그렇구나."

혹시나 싶었다. 절대악을 보필하는 임무를 가진 히든 클래스. 저번에 봤던 그 네크로맨서인가 했는데.

'레벨 13이 루펜달을 부린다는 건…… 원래는 말이 안 되지.'

루펜달의 레벨은 50 이상이다. 13짜리가 50을 부린다? 불가능한 일이다.

'하지만 히든 클래스면 가능할 수도 있어.'

그도 레벨 13일 때 레벨 30, 40짜리 플레이어들 쌈 싸 먹고 다녔다. 확률은 희박하지만 그래도 가능성 자체는 열어놓기로 했다.

"그래서 오빠. 만나볼 거야? 레프니아 산맥으로 내가 데리고 갈게. 워프 포탈 있으니까 편하게 움직일 수 있어."

"걔 네크로맨서라며? 제국한테 쫓길 텐데 그렇게 막 만나고 다녀도 돼?"

"아 근데 안 유명해서 괜찮아. 겉만 보면 마법사라고 볼 테니까."

"알았어."

세아는 믿는데 그 여자애는 못 믿는다. 그런데 세아는 정말 전적으로 믿고 있는 모양이고 그걸 탓할 생각도 없지만 그래도 최소한의 안전장치는 있어야 했다.

일단 세아를 통해 폴리모프 스톤을 하나 구입했다. 키를 15㎝가량 줄였고 누가 봐도 못생긴 추남으로 얼굴을 변형시켰다. 거기에 초보자용 로브를 하나 뒤집어썼다. 그래 봤자 풀카오의 마기는 숨길 수 없었지만 어쨌든 얼굴과 체형을 가리는 건 어렵지 않았다.

레프니아 산맥에 도착했다.

'진짜 걔는 아니겠지?'

열아홉 살이긴 했는데 동생이 말하는 것처럼 청순하고 단아한 말투는 아니었다. 노예로 만들겠다. 좋은 시체구나. 너는 내 노예다! 그랬었다. 세아가 말하는 세송은 그럴 애처럼 보이진 않았다.

귓말을 보냈다.

─빨리 와. 난 도착했어.

천세송은 설렜다.

"진짜 내 퀘스트의 실마리를 찾을 수 있을까?"

역시 언니한테 얘기하길 잘했다. 세상 사람 다 못 믿어도 세아 언니는 믿을 수 있다고 생각했다. 그녀는 세아를 친언니 이상으로 생각하고 있었으니까.

"누굴까, 그 사람은?"

혹시 저번에 봤던, 그 포스 넘치는 아저씨?(사실 마기 때문에 아저씨인지 아닌지는 잘 못 봤다)일까? 만약 그렇다면 어떻게 해야 하지? 심장이 두근거렸다.

"어, 언니. 올림푸스에서 보는 건 처음이네. 예쁜 얼굴 로브로 다 가려났어."

"너도 마찬가지…… 헐. 너 얼굴이 왜 그래?"

엄청 못생겼다. 얼굴 크기만 한 세 배는 된 거 같다. 얼굴만 보면 이게 남자인지 여자인지 구별이 잘 안 된다.

"음. 폴리모프 걸어났어. 얼굴 예쁘면 뭐해. 이상한 사람들만 들러붙는걸."

"……."

한세아는 천세송을 이해할 수 없었다. 내가 저 얼굴로 태어났으면 온 세상 남자들을 다 후리고 다닐 텐데. 아니면 연예인 해서 떼돈 벌 텐데.

"하여튼…… 가자. 오…… 아니, 그 사람 먼저 도착했다고 연락 왔어."

─오빠. 어디야. 우리 워프했어.

─어. 거기서 눈앞에 보이는 바위 기준 3시 방향으로 700미

터 정도만 걸어와.

딱히 필수는 아니었지만 그래도 한 자리에서만 만나면 괜한 흔적을 남길 수 있어서, 조금씩 자리를 바꾸고 있다.

한세아가 걸음을 옮겼다.

"저쪽이래."

"알겠어. 언니, 나 지금 떨려. 근데 그 사람은 어떻게 아는 사람이야?"

"너한텐 정말 미안한데…… 그 사람 프라이버시가 있어서 말을 못 해줘. 직접 말해주면 모를까…….."

"아냐. 안 미안해도 돼. 괜찮아. 진짜 괜찮으니까 신경 안 써도 돼요."

천세송의 심장이 쿵쿵거렸다. 정말로 절대악과 관련한 힘을 가진 사람이 나올까? 나오면 뭐라고 해야 하지? 퀘스트 공유하자고 해야 하나? 내가 절대악이 맞는지 시험해 보자고 하면 화내려나? 갖가지 생각이 머릿속을 헤집었다.

'그때 그 사람은 아니겠지?'

설마 그냥 센 사람이었겠지. 이 넓은 세상에서 어떻게 이렇게 우연히 또 연결이 되겠어? 말도 안 돼.


한주혁과 천세송이 만났다.

한주혁과 천세송. 두 사람은 한동안 말을 잇지 못했다.

"……."

"……."

침묵을 먼저 깬 건 한주혁이었다.

"……너냐?"

"……아저씨?"

한주혁이 인상을 찡그렸다.

"아저씨는 무슨. 생명의 은인한테."

"……그럼 뭐라고 그래요?"

그렇다고 그냥 오빠라고 하라고 하기엔 일단 쟤는 미성년 자고. 한주혁은 26살. 나이 차이가 제법 나지 않는가. 게다가 지금 로브를 벗은 저 모습. 좀…… 그렇다. 딱히 오빠 소리를 듣고 싶지 않다. 차라리 형이 나을 정도다. 물론 폴리모프한 상태의 한주혁도 엄청나게 못생기긴 했지만.

"네 편한 대로 해. 근데 여자였냐? 남자인 줄 알았는데."

"네크로맨서니까…… 어쩐지 그런 말투를 써야 할 거 같아 서요…….."

어쩐지 말투가 좀 작위적이고 만화영화에서나 나올 법한 목소리였다. 그동안 억지로 꾸며내고 연기했던 모양이었다.

한세아는 황당해했다.

"뭐야? 둘이 아는 사이?"

"저번에 한 번 봤어."

"대박. 이렇게 연결이 된 거야?"

"어떻게 그렇게 됐네."

천세송도 신기해했다.

"완전 신기해요. 인연이 있기는 있나 봐요. 아저씨가 절대 악이랑 관련된 엄청 중요한 사람이라니. 근데 혹시 아저씨가 절대악은 아니죠?"

"……."

얘는 뭐 이리 직설적이냐. 한주혁은 황당했다.

"세아 언니한테 들으셨겠지만 저는 절대악을 도와야 하거 든요. 저 이 퀘스트 꼭 클리어하고 싶어요. 저 이래 봬도 엄청 센 히든 클래스에요."

"……뭘 믿고 그렇게 다 말하는 거야? 딴 데 가서도 그렇게 말 흘리고 다니는 거 아니냐?"

"아니거든요!"

천세송은 좀 억울했다. 여태까지 그녀는 자신의 비밀을 어디에도 말한 적이 없었다. 그녀가 전부 다 말하는 건 어디까지나 세아 언니가 소개해 줬기 때문이다.

"세아 언니가 소개해 줬으니까 다 솔직하게 말하는 거거든요. 저 원래 입 엄청 무겁거든요. 진짜거든요. 제가 세아 언니 엄청엄청 좋아하니까 다 믿고 말하는 거거든요."

"원래 입이 싼 건 아니고?"

"완전 억울해요, 세아 언니. 그치? 나 원래 입 무겁지?"

한세아도 고개를 끄덕였다. 애초에 한세아가 남자 앞에서 이렇게 자연스럽게 말하는 것도 처음 본다. 괜히 기분이 좋아졌다. 그만큼 자신을 언니처럼 믿고 따른다는 것 아니겠는가.

―맞아, 오빠. 얘 원래 남들 앞에서 입도 잘 안 열어. 아카데미에서는 얼음공주라고 했다니까? 나도 얘 이런 모습 처음 봐. 진짜 처음이야. 오빠가 생각보다 너무 못생기게 하고 나와서 안심하고 있는 거 같기도 하고.

한주혁이 어깨를 으쓱하고서 말했다.

"하여튼 그래서. 왜 날 보자고 한 건데?"

"저희 스승님이 유지를 남겨주셨어요."

"뭔데?"

"잠깐만요. 금방 보여드릴게요."

천세송이 인벤토리에서 뭔가를 꺼냈다. 그걸 본 한주혁의 눈이 커졌다.

'저건?'

천세송. 올림푸스 이름으로 '마리안'이 꺼내 든 것은 한 조각의 지도였다. 갈색 두루마리 형태로 만들어져 있었으며 빨간색 띠가 둘러 있었다. 대부분의 지도 아이템이 이러한 형태로 생겼다. 한주혁이 놀란 건 단순히 그게 지도여서 그런 게 아니었다.

'오른쪽 맨 아래.'

한주혁도 인벤토리를 열어봤다. 아이템을 확인해 봤다.

'검은색 불꽃 모양의 문양.'

오른쪽 맨 아래. 검은색 불꽃 모양의 문양이 있었다. 스승 새끼의 말이 떠올랐다.

"이것이야말로 너를 상징하는 문양이다. 검은 불꽃. 바로 네 정체성
이라는 뜻이지. 킄킄킄. 가서 세계를 제패하거라."

그런데 저 문양이 또 다른 플레이어에게서 나왔다?

'단순히 우연이라 볼 수 없겠지.'

절대악을 돕는 SSS등급 퀘스트를 가진 플레이어. 그런데
그 플레이어가 하필이면 흑마법을 익힌 '네크로맨서'다. 레벨
13 주제에 레벨 50대 플레이어를 구속하여 활용할 정도의 말
도 안 되는 능력을 가진 히든 클래스. 그런데 또 그 말도 안 되
는 히든 클래스의 능력이 자신의 '파천심공'과 '절대악 칭호 효
과'에는 못 미친다.

'내가 절대악.'

그렇다면 쟤는,

'절대악의 부하.'

이 정도 되는 것 같다. 그럼 그렇지. 혈혈단신으로 7성좌랑
맞짱 뜨게 할 리가 없지. 후후.

물론 한주혁은 철저하게 본인 위주로만 생각하고 있는 중
이다. 이미 에르페스 제국 2대 살수 단체 중 하나인 살막을 손
에 넣었다. 대륙에서 제대로 활동할 수는 없지만 상급 기사보
다도 강력한 11장로까지 얻었다. 3장로는 아직 한주혁을 인정

하지 않았다. 거기에 조커로 쓸 수 있는 7번 성좌인 동생.

다시 말해 절대 혈혈단신이 아니라는 소리다. 제3자가 객관적으로 보기엔 그랬지만 한주혁 본인은 주관적으로 판단했다.

'오케이. 잘 찾아보면 부하들도 있는 거고.'

그럼 이 발칙한 19살짜리 꼬맹이와 함께 거사(?)를 도모하면 되는 것인가.

"너, 혹시 이거랑 관련한 퀘스트 받지 않았어?"

"맞아요."

순순히 대답한 마리안은 뒤늦게 눈을 흘겼다.

"저 바보라서 이렇게 순순히 말해주는 거 아니에요."

"알아. 내 동생 때문에 그런 거잖아."

"응? 내 동생이요?"

마리안은 한주혁과 한세아를 번갈아가면서 바라봤다.

"헐. 말도 안 돼."

표정이 가감 없이 확 드러났다. 한주혁이 본 천세송은 표정이 상당히 풍부했다. 솔직하고 순수한 맛이 있어 귀엽기는 했다. 여자로 귀엽다는 뜻은 아니다. 그냥 저 나잇대의 아이들이 가지는 특유의 분위기. 한주혁은 그렇게 느꼈다.

애초에 한주혁은 원래 천세송의 모습을 전혀 모른다. 지금 보고 있는 천세송은 동생보다도 훨씬, 아니, 비교조차 미안할 정도로 아주 많이 못생겼다. 나이도 너무 어리기도 하고 여자로서의 매력은 전혀 느끼지 못했다.

어쨌든 마리안은 한주혁과 한세아를 쉴 새 없이 번갈아 보면서 헐! 헐! 을 반복했다. 한세아가 미안한 듯 말했다.

"미안해. 오빠 프라이버시가 걸려 있어서 제대로 말 못 해줬어. 이제야 겨우 소개하네. 여긴 내 친오빠 아서고 여긴 내 제일 친한 동생 마리안. 실제 이름이야 서로 알고 있을 거고…….."

"헐, 언니 대박. 어떻게 나한테 비밀로 할 수가 있어?"

"오빠 프라이버시가…….."

세아가 난처한 상황에 처한 것을 본 한주혁도 정체를 오픈했다. 혹시 몰라 귓속말로 전해줬다.

ㅡ내가 절대악이거든. 아마 너랑 나랑 뭔가 하긴 해야 하는 모양이야.

그런데 세송에게 그 말은 별로 중요하지 않은 듯했다.

"아니, 그래도 내가 세상에서 제일제일 좋아하는 언니의 친오빤데. 아이참. 진짜."

"미안해. 오빠의 비밀 때문에 말을 못 해줬어."

그런데 한세아가 미안해하는 영역과 마리안이 서운한 영역은 조금 달랐다. 한세아가 황급히 로브 모자를 뒤집어썼다.

"나 지금 짱 못생긴 상태란 말이야."

그러고서 못을 박듯 말했다.

"아저씨, 저 사실은 이렇게 안 못생겼어요."

"……."

세아한테 듣기는 들었다. 지나가는 남자들이 침을 질질 흘리며 쳐다본단다. 물론 어느 정도의 과장이 있기는 있을 거라고 예상은 한다만, 어지간한 연예인을 봐도 '음, 그냥 그러네.' 하고 넘어가는 세아의 성격상. 예쁘기는 많이 예쁠 거다.

'예뻐 봤자 어린애지.'

군이 따지자면 한주혁은 누님파다. 어린애들보다 성숙미 넘치는 20대 후반, 30대 초반의 여자가 좋다.

"진짜예요. 오해하지 마세요. 저 그래도 좀 예쁜 편이에요. 그리고 원래 성격도 막 너는 내 노예다, 이런 성격 아니에요. 네크로맨서면 그래야 하는 줄 알고 그랬던 것뿐이에요. 그니까 결론을 말하자면 저는 성격 이상한 사람도 아니고 얼굴도 짱 못생긴 편은 아니라는 뜻이에요."

한주혁은 좀 황당했다. 뭘 저렇게 장황하게 설명해? 사실 외모로 따지면 지금 그는 할 말이 없다. 폴리모프 포션으로 추남 중의 추남을 만들어서 오지 않았던가. 지금 한주혁이 외모로 뭐라고 할 수 있는 처지는 아니다.

"올림푸스 법칙 몰라? 본판 불변의 법칙. 아무리 변신이 가능해도 본판까지는 못 바꾼다."

한세아는 황당했다.

"지금 오빠 얼굴도 장난 아니거든? 완전 못생겼어."

좀 걱정됐다. 실제로 세송이 얼굴 보면 저렇게 못 할 텐데. 세아가 느끼기로 세송은 초능력을 가졌다. 앞에 서는 모든 남자가 친절해지는 초능력. 그만큼 사기적인 외모를 가진 아인데.

'오빠가 외모로 뭐라 할 수 있는 처지가 아닌데.'

아무리 잘 쳐줘도 그건 안 되는데.

한주혁이 피식 웃었다.

"지금 중요한 건 그게 아니잖아. 너 그 지도 퀘스트. 얘기해봐. 어쩌면 내가 가진 퀘스트랑 연계될 수도 있으니까."

"알았어요."

천세송은 아직 할 말을 다 못한 표정이지만 어쨌든 고개를 끄덕였다. 그러면서도 한마디 더 하는 걸 잊지 않았다.

"진짜예요. 오프에서 만나면 이거보다는 훨씬 예뻐요."

그리고 퀘스트에 관한 말을 이어갔다.

⁂

한주혁이 말했다.

"펫. 뭐하냐?"

"아. 빠르게 수거하겠습니다! 형님!"

루펜달은 처지를 한탄했다. 하. 무시무시한 악명을 떨치던 내가 어째서 왜. 아이템 수거용 펫이 되었느냐.

"블루 스톤입니다, 형님. 제가 주워왔습니다. 헤헤. 누구보다 빨랐습니다."

그는 간신배였다.

"형님, 역시 강하십니다."

그와 동시에 오랜만에 알림도 들었다.

─레벨이 올랐습니다.

레벨이 58이 됐다. 자신을 펫처럼 부리는 게 짜증 나긴 하지만 그래도 보상은 철저했다. 이 미친 형님은 뭔 놈의 클래스가 이렇게 뒤죽박죽인지 모르겠다. 버프면 버프. 힐이면 힐. 근접공격이면 근접공격. 원거리 공격이면 원거리 공격. 그 하나하나가 어마어마했다.

'전문 버퍼도 아니고 전문 힐러도 아니고 전문 근딜도 아니고 전문 원딜도 아닌데.'

그 사기적인 능력을 바탕으로 강력한 몬스터들을 잡아댔다. 겨우 4명 파티로 열댓 명이 열 몇 시간씩 걸려 잡을 몬스터들을 몇 초 만에 때려눕히니 레벨업을 안 할 수가 있나.

"야. 꼬맹이. 레벨 몇이냐?"

"19요!"

천세송도 신났다. 혼자서는 레벨업이 어려웠는데 같이 다니니까 레벨업이 굉장히 빨라졌다. 그걸 본 한주혁은 고개를 저었다.

'클래스는 기가 막히는데.'

클래스 자체의 강력함은 말도 안 된다. 정말 사기적인 능력을 가졌다.

'정작 본인은 게임에 소질이 없다.'라.

근데 본인은 소질이 없다. 그런데 그 없는 소질을 커버할 수 있을 정도의 어마어마한 능력이 주어졌다.

기본적으로 소환하는 언데드가 일반적인 언데드보다 훨씬 강력하다. 게다가 개체 수의 한계가 얼마인지는 모르겠지만 꾸준히 언데드를 만들어서 아공간에 보관하고 있는 걸 보면, 한계치도 굉장히 높은 모양이다. 마나통도 일반 네크로맨서보다 훨씬 더 높은 모양이고.

'다행히 열정은 있고.'

그럼 된 거 아닌가. 컨트롤 엄청난 네크로맨서가 아니면 어때.

'저런 클래스는 물량전으로 밀어붙이면 되지.'

현재 한주혁에게 가장 필요한 건 바로 '머릿수'다. 스카이데블 장로들은 제국의 추격 때문에 함부로 돌아다닐 수 없고. 그렇다고 절대적인 힘이 있는 것도 아닌 현재 상태에서 대대적으로 플레이어들을 끌어모을 수도 없는 상황이다.

이러한 상황에서 천세송은 든든한 우군이라 할 수 있었다. 저런 재능. 그러니까 땅 밑, 아니, 지하 100층은 가뿐히 뚫고 들어갈 정도의 마이너스 재능은 처음 보긴 하지만.

레벨 20이 되면 함께 퀘스트를 진행할 수 있다. 천세송의 유적 퀘스트는 한주혁과 함께 진행하는 유적 퀘스트였다.

'만약 꼬맹이를 만나지 못했다면.'

그러면 혼자서 유적 퀘스트를 진행했겠지.

'같이 클리어해야 하는 곳을 혼자서 들어갔다면 뭔가 문제가 생겼겠지.'

그 스승 새끼가 남긴 퀘스트다. 지랄맞지 않을 리가 없다. 어쩌면 천세송이 가진 단서가 없으면 탈출이 불가능한, 개 같은 던전일 가능성도 배제할 수 없다.

'운이 좋았어.'

게임상의 행운 스탯은 −99(+19) 상태. 다시 말해 −80이라는 전무후무한 상태지만 그래도 실질적인 행운은 매우 높은 거 같다. 그래 봤자 게트락이니. 람타디안이니. 이런 놈들로 오해받는 것과 아이템이 드랍되지 않는다는 것. 그 정도가 현재까지의 페널티 아닌가. 절대악으로서의 메리트가 페널티보다 훨씬 크다.

"아저씨! 저 레벨 20 도달 경험치 됐어요!"

혼자 레벨업 할 때보다 훨씬 빠른 속도로 레벨업을 이룬 천세송은 정말 기쁜지 폴짝폴짝 뛰었다.

"고마워요!"

그러면서 아주 못생기고 키 작은 상태의 한주혁을 껴안고서 폴짝폴짝 뛰었다. 그녀는 신세계를 맛봤다. 재능있는 혹은 철저한 공략 위주로 움직이는 플레이어와 파티 플레이는 처음이었고, 그녀에겐 별천지였다.

"아씨. 안 떨어질래?"

갑자기 뭔가가 달려들어서 실수로 평타 날릴 뻔했다.

"그러다 죽는다."

진심이다. 이건 센 척하기 위해서 하는 말이 아니다. 진짜 사실을 말해줬다. 실수로 평타를 날리면 그 순간 사망 아닌가.

천세송은 그 경고 아닌 경고에도 기분이 좋은 듯 함박웃음을 지었다. 그리고 물었다.

"스텝업 포인트 바로 쓰면 되는 거죠?"

"그래."

"그럼 이거 쓰고 바로 루니아 대륙으로 넘어가는 거죠?"

천세송과 한세아가 한 팀. 그리고 한주혁과 루펜달이 한 팀. 따로따로 나눠서 이동하기로 했다. 천세송이 가진 지도와 한주혁이 가진 지도가 나타내는 곳은 어차피 한 곳이다. 따로 이동하는 게 나았다.

그들의 목적지는 루니아 대륙. 더 정확히 말하자면 루니아 대륙 내에 있는 '카고누스 산맥'이다.

그곳으로 가기 위해선 몇 가지 방법이 있다. 가장 빠른 길은 워프 포탈을 사용하는 것. 그다음으로 빠른 길은 배를 타고 이동하는 것. 그다음으로 빠른 길은 며칠 뒤에나 있을 비행선을 이용하는 것. 대부분의 플레이어가 타 대륙으로 넘어갈 때는 '워프 포탈'을 사용한다.

그리고 그 워프 포탈에는 두 종류가 있다. 제국 NPC들이 관리하는 워프 포탈. 가격이 싼 편이지만 숫자가 많지 않다. 나머지 대다수의 워프 포탈은 전권을 위임받은 '연합'에서 관리한다. 약 60퍼센트의 워프 포탈을 대연합에서 관리하고 나머지 30퍼센트의 워프 포탈을 중견연합이, 나머지 10퍼센트의 워프 포탈을 중소연합이 관리한다.

한주혁과 루펜달이 향한 곳은 대연합 '엘진'이 관리하고 있는 워프 포탈이다.

"팀장님, 저기 풀카오 오는데요."

"풀카오?"

워프 포탈은 황금알을 낳는 거위라 할 수 있다. 유지비에 비해 수익이 대단히 크기 때문이다.

"흐흐흐."

기분이 좋아졌다. 특히나 저런 풀카오는 대환영이다.

"큰 손님 오신다."

풀카오는 제국 포탈을 쓰지 못한다. 연합 포탈을 사용해야만 하는데, 당연히 더 비싸게 받는다. 풀카오들도 그걸 알고 있다. 다른 수가 없어 울며 겨자 먹기로 돈을 많이 내고 이용한다.

워프 포탈을 관리하는 팀장, '이베'는 자신만만하게 말했다.

"이곳은 루니아 대륙 카고누스 산맥 북쪽으로 이동하는 워프 포탈이다. 돈은 충분히 갖고 왔겠지?"

어차피 워프 포탈은 PVP 금지 지역이다. 치고 싶어도 못 친다. 시스템상 그렇게 되어 있다.

"어라. 근데 거기 풀카오. 너 루펜달 아니냐?"

이베가 루펜달을 알아봤다. 루펜달 정도 되는 놈은 그래도 얼굴 익혀 놓는 게 낫다.

"그새 부하 하나를 데리고 다니네."

"……."

루펜달은 식은땀을 흘렸다. 아닌데. 내가 부한데. 그래도 형님이 시켰다. 밖에 돌아다닐 때는 자신이 형님인 척하라고.

루펜달이 허세를 부렸다.

"아이템 수거용으로 하나 장만했지."

"그래도 좀 격에 맞는 애로 데리고 다녀라. 보아하니 개쪼렙같은데."

"남이사. 내 펫에는 신경 꺼라."

"그래, 뭐. 어쨌든. 풀카오들에게는 일반 요금 적용 안 하는 거 알지?"

워프 포탈 옆에는 요금표가 있었다. 하지만 풀카오에게는 그 요금이 적용되지 않는다. 팀장 마음대로 정한다. 당연히, 차액은 팀장과 팀원들이 나눠 가진다.

"너 정도 되는 풀카오면…… 그래도 두당 3천만 골드는 받아야지 않겠어?"

"3천만?"

이 새끼가 미쳤나. 아무리 그래도 1,000퍼센트 폭리라니. 루펜달은 욕할 뻔했다. 아무리 레벨 50대 플레이어라고 해도, 합쳐서 6천만 골드는 엄청나게 큰돈이다.

이베가 킥킥대고 웃었다.

"싫으면 관두고. 30일 넘게 걸리는 배 타고 가시든가. 아니면 제국 포탈 쓰시든가. 아 참. 풀카오라서 못 쓰지? 아. 아쉽네."

그때까지만 해도 이베는 큰 건 하나 올릴 수 있다고 생각했다. 한주혁이 나서기 전까지.

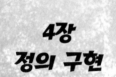

# 4장
# 정의 구현

올림푸스에서 귓말을 보내는 방법은 두 가지다.

한 가지는 현재 육안으로 보이는 상대를 지목해서 귓말을 보내는 방법. 이 방법은 눈앞에 상대가 있어야만 가능한 방법이다. 상대의 아이디(닉네임)를 모를 때 사용할 수 있다.

또 다른 방법은 상대의 아이디를 알고 있을 때 사용하는 방법이다. 상대의 아이디를 알고 있으면 같은 대륙 내에 있다는 가정하에 멀리서도 의사소통이 가능하다.

한주혁에게 귓말이 들려왔다.

─어이. 거기. 펫.

상대가 귓말을 보내면 귓말을 받은 당사자는 누가 귓말을 보냈는지 알 수 있다. 그냥 저절로 알게 된다. 시스템이 그렇게 되어 있다.

'팀장급인 거 같은데.'

이 워프 포탈을 관리하는 팀장급 인사.

'혹시⋯⋯.'

여기 오기 전. 이러지는 않을까. 라고 혼자서 생각은 해봤
었다. 실제로 일어날 가능성은 적을 것 같았지만 염두에는 두
고 있던 정도.

'딜(거래)을 제안하려는 건가?'

가끔 이런 경우가 있다. 워프 포탈을 관리하는 유저들이 돈
은 돈대로 받고 풀카오는 풀카오대로 죽였다. 풀카오는 아이
템 드랍율이 100프로니까.

'여기서는 못 죽여.'

여기는 PVP 금지인 안전지대다. 그러면 일단 워프를 시켜
주고, 루니아 대륙에서 손을 쓰겠다는 소리다.

한주혁이 당황한 척 말했다.

-저, 저 말인가요?

-그래, 지긋지긋한 펫 생활 짜증 나지 않냐?

그는 한주혁을 깔봤다. 그게 그의 목소리에 고스란히 녹아
있었다. 그는 듣자마자 알았다. 한주혁은 지금 겁을 먹었거나
엄청나게 위축되었거나 당황한 상태다. 상태를 보아하니 초
짜가 틀림없다. 게다가 멍청하기까지 했다.

-네, 짜증 나 죽겠어요. 벗어나고 싶은데⋯⋯ 정말 미치겠
어요. 아이템 줍는 것도 짜증 나고. 사람 무시하는 것도 싫고.

펫펫 거리는 것도 너무 싫어요.

　-어휴. 어쩌다가 그렇게 됐는지는 모르겠는데 내가 도와주마.

　-오! 정말요?

　-그래.

　-진짜죠?

　-당연하지.

　-진짜 고맙습니다! 뭐든지 시켜만 주세요. 이 펫 생활을 벗어날 수만 있다면 뭐든지 할게요.

　이베는 씩 웃었다. 이거 생각보다 일이 더 쉽게 됐다. 그의 작전은 이랬다. 일단 거금을 받고 워프를 시켜준다. 그리고 나서 루니아 대륙에 있는 몇몇 지인들과 함께 루펜달을 죽인다.

　'루펜달 정도 되는 놈을 죽이면⋯⋯.'

　그러면 운 좋으면 수백 혹은 수천만 원짜리 아이템이 드랍될 확률이 높다. 누가 뭐래도 레벨 50대 플레이어가 아닌가.

　이베는 한주혁을 쳐다봤다.

　'병신새끼.'

　저 순진한 새끼는 자신의 말을 철석같이 믿는 것 같았다. 어차피 풀카오다. 귓말로 얘기한 거. 안 지키면 뭐가 어떠냐.

　'너는 그냥 잠시 방심하게만 유도해 주면 된다.'

　그러면 저 허접 병신의 역할은 끝이다. 아마 저 병신은 루펜달의 꼬드김에 넘어가 거의 사망 직전의 플레이어들을 죽여서 풀카오가 됐을 거고 그로 인해 루펜달에게서 벗어나지 못하고 저렇게 쩔쩔매고 있는 것이 틀림없었다. 풀카오는 지지 기반이 없으면 이 세계에서 살아남기 힘드니까. 그래서 루펜달이 싫어도 벗어나지 못하고 있는 것이라 생각했다.

─진짜죠? 그냥 안전지대 벗어난 다음에 루펜달 저 새끼 몇 대 치기만 하면 되죠? 열 받게만 하면 되는 거죠?

─그래. 그러면 너한테 100만 골드를 주마. 그리고 막타는 너한테 줄게. 그러면 풀카오에서 좀 더 빨리 벗어날 수 있겠지.

아뇨, 나 절대악이라서 풀카오에서 빠져나갈 수가 없는데요. 이미 난 글렀는데요. 그 말은 하지 않았다.

당연히 이베는 이렇게 생각했다. 너 같은 패배자 인생한테 100만 골드면 아주 눈이 뒤집어지겠지. 그는 남몰래 흐흐흐 웃었다.

'풀카오 두 마리 잡으면 명성도 많이 오르겠네.'

한주혁은 연합원 중 한 명이 워프 포탈을 타고 먼저 이동하는 것을 봤다. 대륙 간의 귓말 전송이 안 되니까 아무래도 루니아 대륙으로 넘어가서 일을 꾸밀 생각인 것 같았다.

한주혁이 루펜달에게 귓말을 보냈다.

─루펜달, 지금부터 내가 하는 말을 따라 한다. 실시.

─알겠습니다, 형님.

─야, 펫. 6천만 골드 내놔봐.

"야, 펫. 6천만 골드 내놔봐."

―아 빨리 안 내놓냐, 이 병신새끼가.

루펜달이 찔끔 놀랐다. 지, 진짜 이래도 돼요? 보복 없죠? 라고 묻고 싶었다. 그래도 어쩌랴. 까라면 까야지.

"아 빨리 안 내놓냐, 이 병신새끼가. 뒈지려고. 처맞기 전에 빨리 내놔라."

말해놓고 루펜달은 아차 싶었다. 말하다 보니 뭔가 좀 길어졌다. 황급히 아부를 해야 할 것만 같은 기분이 들었다.

―헤헤. 형님 제가 사랑하는 거 알죠?

　　　　　　　　　　　　✦

천세송과 한세아는 제국 NPC가 관리하는 워프 포탈을 탔다.

사실상 평범한 플레이어들은 '신분증 검사' 같은 걸 받을 일이 거의 없다. 로또 맞을 확률보다도 더 적다고 알려진 게 바로 신분증 검사다. 한주혁은 세상에 나오자마자 신분증 검사를 받았지만. 어쨌든 네크로맨서인 천세송도 제국 포탈을 쓰는 데 별로 제한이 없다는 소리다. 두 여자가 먼저 루니아 대륙에 도착했다.

"오빠는 언제 오려나."

"그래도 좀 걸리지 않을까?"

천세송은 걱정스러운 듯 말했다.

"풀카오한테는 엄청 돈 많이 뜯는다던데…… 뒤통수치는

경우도 있대."

그것뿐만이 아니다. 뒤통수치는 경우도 있다고 들었다. 한세아는 걱정하지 말라는 듯 천세송의 등을 토닥여줬다.

"걱정 마. 그 인간은 뒤통수를 맞아도 때린 놈 손가락이 부러질 인간이야."

"아저씨가 강한 건 나도 알아."

그렇지만 워프 포탈을 관리하는 연합원들도 강하다는 걸 안다. 특히나 그곳의 팀장급은 직급이 높거나 금수저거나 인맥풀이 굉장히 넓은 사람이 대부분이다. 워프 포탈 관리는 말 그대로 '꿀보직'이고 아무나 못 들어간다.

"그렇지만 그쪽 전력도 되게 세다던데……."

한세아가 피식 웃었다. 현실에서의 천세송과 게임에서의 천세송은 좀 많이 달랐다. 게임에서 훨씬 더 무방비한 모습을 많이 보여준다. 저게 진짜 천세송의 모습인지는 모르겠지만. 세상에 못 하는 것이 없을 것 같던 천세송이 게임에는 이렇게 소질이 없다는 것도 재미있고.

"근데 언니. 있잖아."

"응?"

"계속 아저씨라고 불러도 돼? 뭔가 기분 나쁘실 거 같기도 하고…… 사실 아직 아저씨는 아닌 거 같기도 한데……."

"알아. 뭔 말인지. 오빠라는 단어가 입에 안 붙어서 그렇지?"

뭔지 안다. 한세아가 아는 한, 천세송은 여태까지 '오빠'라는 말을 입에 담아본 적이 없다. 애초에 주변에 오빠가 없을 뿐더러 누군가를 부를 때도 '저기요'로 부른다. 결정적으로 오빠라고 부를 만큼 친해진 남자가 단 한 명도 없었고.

"그냥 아저씨라 해."

아마 우리 오빠는 아무 생각도 없을걸. 아저씨로 부르든 말든 아무 상관 없을 거야. 그렇게 생각했다.

'실제로 얼굴 보면 바뀔지도 모르겠지만.'

한주혁이 천세송을 너무 어린애 취급하자 오히려 한세아가 오기가 생길 지경이다. 그래 봤자 내 오빠 주제에. 세상에서 제일 예쁜 우리 세송이를 괄시해? 얼굴 보고도 그럴 수 있나 보자…… 와 비슷한 마음이었다.

시간이 흘렀다.

"언니, 큰일이야."

"왜?"

"도대체 길을 모르겠어."

"……괜찮아. 내가 길 알아."

몇 분 전에 표지판을 봤는데도 헷갈려 하고 있다. 그 어떤 트랩이나 결계가 있는 것도 아닌데 말이다.

'괜찮아.'

뭐. 네크로맨서가 언데드만 잘 소환해서 싸우면 되지. 길 찾는 소질 정도는 없어도 되겠지.

두 플레이어는 약속 장소를 향해 걸음을 옮겼다.

한주혁이 루펜달에게 귓말을 보냈다.

-가서 안전지대 벗어나면 너 칠 거다.

-예……? 저 죽이시려고요? 형님, 제가 아까는 진짜 잘못했습니다요. 제가 원래는 욕을 모르는 사람인데, 욕을 하다 보니 저도 모르게…….

-안 죽여. 안 죽일 거야.

-어떻게요? 평타면 죽잖아요. 아이 형님. 왜 이러실까? 살려 주세요.

-데미지 0으로 만드는 좋은 스킬 있어.

-…….

미친. 그게 좋은 스킬입니까? 루펜달은 반문하고 싶었지만 할 수 없었다. 어쨌든 저 형님이 자신을 죽일 거 같지는 않다.

-쟤네가 딜 해왔어. 네 뒤통수치게 나보고 협조하라고.

-……개자식들이네요.

-내가 너를 공격하면 너는 황당해하면서 빈틈을 보여. 놈들이 맘 놓고 공격하게.

한주혁이 예상하기로는 한 대여섯 명 정도가 몰려올 거 같다. 너무 많은 인원이 몰려오지는 않을 거다. 그러면 나눠야 할 파이가 줄어드니까. 딱 그 정도.

나름대로 작전을 짰다. 전면에 나서는 건 루펜달이다. 한주혁은 보조만 해주기로 했다. 한주혁이 버프를 지원한다. 지능 100이 넘는 버퍼의 버프가 들어간다. 현존하는 최고 마법사의 버프라고 할 수 있다. 놈들을 상대하기는 어렵지 않을 거다.

'루펜달을 잡으려고 한다면.'

적어도 레벨 50대 플레이어 대여섯 명은 오겠지.

'아마 워프 포탈을 타고 팀장 놈도 올 거고.'

한주혁의 예상은 보기 좋게 들어맞았다. 루니아 대륙. 카고 누스 산맥 북쪽. 안전지대를 벗어나자마자 귓말이 들려왔다.

─야, 공격 시작해. 네 역할은 하나야. 루펜달을 열 받게 만들어서 빈틈 한 번 만드는 거.

아마도 은신 아이템 등을 사용해서 주변에 은신하고 있던 모양이었다. 귓말을 보내준 덕분에 위치를 알 수 있게 됐다.

한주혁이 스킬을 사용했다. 주먹에서 빛이 났다.

─평범하지 않은 강력한 주먹을 사용합니다.

데미지 설정은 ─100퍼센트. 쓰레기 중 쓰레기 스킬이 빛을 발했다. 어쨌든 이펙트가 반짝였다. 공격 스킬을 사용하는 것처럼 보였다. 평소에는 무적이나 다름없던 평타를 날렸으나 루펜달의 H/P는 단 1퍼센트도 떨어지지 않았다.

은신 상태의 플레이어들은 기가 찼다.

'저 병신새끼.'

저 정도로는 어그로도 안 될 거 같다. 다행히 루펜달이 반응해 줬다.

"이 미친 새끼가! 뭐하는 짓이야!"

"네 밑에 있는 것도 오늘로 끝이다. 내가 너 따위의 펫을 계속할 것 같으냐! 더러운 펫 생활! 지긋지긋하다!"

루펜달은 따지고 싶었다. 아니, 왜. 펫이 어때서. 펫도 펫 나름의 행복한 생활이 있다고. 레벨업도 엄청 빠르고. 그는 나름대로 이 펫 생활이 마음에 들던 차가 아니었던가.

"펫 새끼가 어디서 감히!"

루펜달은 진심으로 분노한 것처럼 보였다. 힘을 끌어올리는 척했다. 큰 기술을 준비하는 것처럼 보였다. 이를테면 하트 어택 같은.

이베의 연락을 받고 기다리던 연합원들은 기회를 잡았다. 큰 기술. 성공하면 큰 효과를 내지만 준비하는 데 시간도 걸릴뿐더러 빈틈이 생긴다.

―지금이다.

―놈이 정신을 팔고 있다. 이때 공격해.

―방어 계열 마법사다. 블링크 못하게 디스펠 걸고. 마법 깨는 것에 주력해.

총공격에 들어가기로 했다.

"흐흐흐. 병신새끼. 너는 여기서 끝이다."

이미 놈의 특성은 파악해 왔다. 필살기 격인 '하트 어택'만 조심하면 공격력 자체는 크게 문제가 되지 않는다. 놈은 방어가 주력인 마법사. 그것을 토대로 대비를 해왔기 때문에 큰 피해 없이 놈을 사냥할 수 있을 거라고 생각했다.

"디스펠!"

마법에 방해할 수 있는 디스펠 전문 마법사도 대동했다. 다른 건 몰라도 블링크를 통해 도망쳐 다니며 싸우는 짓은 못 하도록 막을 수 있을 거다.

플레이어 하나가 쯔쯧거렸다.

"그러게…… 왜 풀카오가 됐어."

루펜달이 멈칫했다. 그것은 하나의 커다란 틈으로 보였다. 플레이어 하나가 도끼를 높이 들어 올렸다.

"머리를 쪼개주마!"

그리고 이베 역시 모습을 드러냈다. 그는 흐흐흐 웃고 있었다. 그는 아까 봤다. 돈 주머니를 저 허접한 풀카오 병신이 꺼내는 것을 말이다.

"풀카오는 아이템 드랍율이 백프로지."

아마도 루펜달의 창고 역할까지도 하고 있는 것 같다. 루펜달의 인벤토리가 가득 찼다는 얘기도 된다. 그의 입장에선 노다지였다. 제발 비싼 템을 떨궈라. 기도했다.

이베가 말했다.

"이 새끼들 둘 잡으면 정확하게 1/N 하는 거다."

거대 도끼가 루펜달의 머리를 향했고 이베가 검을 들고서 한주혁을 향해 달려왔다. 저 펫은 멍청한 건지 순진한 건지. 도무지 알 수가 없었다. 하기야. 저러니까 루펜달에게 이용이

나 당하는 신세로 전락한 거 아니겠는가.

"너 같은 사회 부적응자들을 말이야."

그가 한주혁을 향해 검을 뻗었다.

"병신이라고 하는 거야."

이런 하층민들이 있어야 사람 사는 맛이 나지 않겠는가. 하층민. 노예들이 사회 밑바닥을 지탱해줘야 자신같이 잘난 사람들이 그 고혈을 쪽쪽 빨면서 등 따뜻하고 배부르게 살아갈 수 있는 거다.

플레이어들이 루펜달을 공략하는 동안 이베는 아이템도 없는 개허접(?) 한주혁에게 스킬을 사용했다.

"더블 슬래쉬!"

이베는 자신감에 가득 차 있었다. 어쩌면 단 한 방에 죽여버릴 수도 있을 것 같았다. 그가 씨익 웃었다.

"재미없으니까 한 방은 버텨줘라."

이베의 날카로운 검이 스킬 이펙트를 뽐내며 노아이템 상태인 한주혁의 가슴에 닿았다.


이베. 그는 겨우 레벨 40대 후반이다. 낮은 레벨임에도 불구하고 워프 포탈을 관리하는 '꿀보직'에 앉게 됐다. 그것도 대연합 엘진에서 관리하는 워프 포탈 말이다. 스텝업 포인트를 얻기는 힘든 자리지만 그래도 그곳이 노다지라 불리는 이유는 그곳을 관리하는 약 5년 동안 평생 펑펑 놀고먹어도 될

만큼의 재화를 축적할 수 있기 때문이다.

한때 이베는 SNS에 이런 글을 남기기도 했다.


−잘난 부모를 둔 것도 다 능력이다. 능력 없는 너네 부모들이나 원망해. 이 인생 패배자들아. 엄한 사람한테 화풀이하지 말고.


그 말을 증명하기라도 하듯, 이베는 승승장구했다.

이베의 큰어머니가 대연합 엘진의 이사 중 한 명이었다. 이베는 항상 좋은 보직을 받았으며 재능이 없음에도 불구하고 빠르게 승진했다. 빠르게 승진했다는 말은 곧 빠르게 레벨업을 했다는 말과 일맥상통했다. 레벨 40대까지는 전폭적인 지원만 있으면 비교적 쉽게 올라갈 수 있다.

그가 레벨 47이 되었을 때, 이 워프 포탈 관리하는 팀장으로 발령이 났고 팀장으로 있는 1년 동안 약 12억 골드를 축적할 수 있었다.

그래서 그는 눈앞의 이 찌질이가 하루살이 인생으로밖에 보이지 않았다. 그냥 하루 벌어 하루 사는, 미래라고는 암울하기 짝이 없는 그냥 병신 같은 인생. 그 인생. 여기서 한 번 더 죽는다고 뭐가 더 나빠지겠는가. 어차피 시궁창 인생이다. 이렇게 이용만 당하면서 평생 살라지.

그가 검을 뽑았다.

"재미없으니까 한 방은 버텨줘라."

그런데 좀 이상했다.

'응?'

더블 슬래쉬의 이펙트는 분명히 터졌다. 그의 검이 이 허접한 풀카오의 가슴에 닿았던 것도 맞다. 맞은 거 같은데.

'뭐지?'

그런데 놈의 H/P에는 미동이 없었다. 상식적으로 그는 이해할 수 없었다. 분명 닿았는데?

그런데 거기서 끝이 아니었다.

'거짓말!'

뭔가가 엄청나게 빠른 속도로 자신의 얼굴을 향해 다가왔다. 그게 한주혁의 주먹이라는 것을 알아차렸을 때. 그는 이미 피할 수 없었다. 한주혁의 주먹은 그가 반응할 수 있는 속도가 아니었다. 그냥 눈 뜬 채로 얻어맞았다.

"미, 미친."

이베는 황급히 거리를 벌렸다.

"허⋯⋯ 헉⋯⋯!"

뭐야 저 새끼.

'뭔 놈의 주먹이 저렇게 빨라?'

무투가인가?

'깜짝 놀랐네.'

황급히 몸 상태를 살펴봤다. 그런데 이거 좀 이상하다.

'H/P도 멀쩡하고.'

엄청나게 빠른 주먹이라서 깜짝 놀랐는데 사실 별거 아닌 거 같다. H/P는 전혀 움직이지 않았고 그렇다고 이상한 특수 효과에 빠져든 것도 아니었다. 디버프도 없었다.

"뭐야, 이 병신새끼야. 놀랬잖아."

그냥 빠르기만 빠른 놈인 거 같다. 얼마 되지도 않는 스탯을 민첩에 전부 투자한 모양이다.

'그러고 보니.'

저 새끼는 루펜달을 치는 것에도 성공하기는 했다. 물론 데미지가 전혀 안 들어갔지만.

답이 딱 나왔다.

'민첩에만 먼저 투자해서 회피율과 공격 속도를 극성으로 올렸지만…… 루펜달의 펫 신세가 되어 더 이상 성장이 힘들어진 케이스.'

그리고 방금 자신의 공격은 아주아주 운 좋게도 100퍼센트 회피가 뜬 모양이었다. 그거 말고는 설명이 안 됐다. 적어도 상식선에서는.

그의 생각을 읽은 한주혁은 피식 웃었다. 무슨 생각을 하고 있는지 훤히 보일 정도였다.

'아. 조정 안 해놨네.'

아까 루펜달을 칠 때 데미지를 −100퍼센트로 조정했었다. 그리고 이놈을 칠 때 실수로 그걸 조정하지 않았다. 아주 사소해서 실수라고 보기에도 미안할 정도의 실수였다.

공부 잘하는 우등생이라 할지라도 간단한 산수를 틀리는 경우가 종종 있다. 정작 어려운 부분은 다 풀어놓고 더하기 빼기를 틀리는 경우들. 아주 억울한 경우다. 다만 한주혁의 경우는 억울하지도 않았다. 그냥 평타 한 번 더 뻗으면 될 일이지 않은가.

정신을 차린 이베는 화가 난 듯했다.

"감히 날 쳐?"

"네가 먼저 쳤는데?"

"어디서 말을 까, 이 천민 새끼야."

저런 사회 부적응자, 패배자 새끼가 감히 자신에게 말을 놓다니.

"너는 까도 되고, 나는 까면 안 되냐?"

그는 제대로 화가 났다. 저런 사회 하층민과 최소 은수저인 자신은 계급이 다르다. 저놈은 노예고 자신은 귀족이다. 감히 노예 따위가 귀족에게 반말을 해?

이베가 으르렁거렸다.

"살살 봐주는 것도 여기까지다."

⌐•••¬

루펜달은 신이 났다.

'데스 네일.'

어차피 혼자 싸우는데 스킬명을 굳이 말해줄 필요는 없다. 스킬명을 말하는 건, 동료가 있을 때 그렇게 하는 거다. 애초에 저 형님은 동료의 개념이 아니다. 자신이 스킬명을 말하든, 거짓 스킬명을 말하든 그냥 가만히 있든. 무자비한 평타와 사기급의 공용스킬이 날아다니면 레벨 50대 플레이어들은 그 즉시 잿더미행이다.

'바로 이거지.'

루펜달을 습격했던 플레이어들은 뭔가 잘못되었음을 느꼈다.

ㅡ우리 정보가 잘못된 모양이다.

ㅡ루펜달이 맞는 거냐!

루펜달의 레벨은 50대 후반. 그리고 방어 계열 마법사. 일대일 PVP 전문. 그런데 그 정보가 한참 잘못된 것 같다.

ㅡ너무 강하다!

ㅡ이상하다!

ㅡ루펜달 조루라는 소문이 있어. 처음에만 강하지 조금만 시간 지나면 금방 약해질 거다. 이 인원을 상대하려면 마력도 많이 필요할 거고. 곧 방어마법도 전부 깨지겠지.

그들의 생각은 완전히 틀렸다. 루펜달의 방어마법은 단 한 개도 깨지지 않았다. 한주혁의 공용 버프가 있기 때문이다. 레벨 20 이하에 배울 수 있고, 전직을 하지 않았을 때에만 배울 수 있는 초급 중의 초급 버프. 그 초급 버프가 지능 100을 만나 엄청난 버프로 작용했다.

루펜달은 이 와중에도 아부했다.

—형님, 평생 형님으로 모시겠습니다! 평생 형님의 발닦개가 되겠습니다! 한번 형님은 영원한 형님! 고추를 떼라고 하면 떼겠습니다! 헤헤.

루펜달은 뭔가 행복해졌다. 그는 원래 일대일 전문 플레이어다. 그 말을 다시 하면 숨어다니다가 1명 따로 떨어져 나와 있는 플레이어를 사냥한다는 소리다. 그는 악명은 높았지만 철저히 약자만 골라서 싸워왔다. 그런데 지금은 5 대 1로 싸워도 전혀 밀리지 않는다. 아니, 오히려 압도하고 있다. 그것도 마법사가. 근딜들을 상대로 접근전에서 밀리지 않고 있다.

"모두 뒈져라!"

루펜달의 활약은 눈부셨다. 그가 낄낄낄 웃었다.

'하트 어택!'

그의 필살기. 하트 어택에 힐러가 그 자리에서 즉사했다. 힐러 없는 파티는 팥소 없는 찐빵이다. 그가 5 대 1의 싸움에서 승리하는 데에는 그렇게 긴 시간이 걸리지 않았다.

'와. 씨팔. 이게 웬 떡이냐.'

운 좋게 아이템까지 드랍했다. 액세서리였다. 그것도 무려 두 개. 그는 그걸 인벤토리에 챙겨 넣었다. 그리고 옆을 봤다.

"엥?"

아직도 저 병신이 살아 있네? 형님의 무자비한 평타에 잿더미가 되었을 줄 알았는데.

–형님, 아직도 살려두셨어요?

한주혁이 대답했다.

–빨리 안 튀어오냐?

–예?

–내가 죽이면 아이템 드랍 안 되는 거 몰라?

–넵! 즉시 달려가겠습니다.

루펜달이 뛰어왔다. 이베는 지금의 이 상황을 믿을 수 없었
다. 루펜달이 어느 정도 강한 플레이어라는 건 알았지만 5명 파
티를 이렇게 쉽게 잿더미로 만들고 이쪽으로 올 줄은 몰랐다.

'제기랄.'

엄청 곤란해졌다. 이대로면 자신도 여기서 죽게 생겼다. 워
프 포탈 관리자는 죽을 일이 없다. 안전지대에서 근무하니까.
안전지대를 벗어났고 거기에 카오에게 죽었다? 아무리 자신
이라고 해도 감사가 나올 거다. 인사 조치를 당할 수도 있다.

그가 황급히 말했다.

"자, 잠깐!"

루펜달은 지금 꼭두각시 상태다. 그 스스로는 무엇도 결정
할 수 없다. 한주혁의 명령이 있을 때까지. 사실 그는 명령받
고 행동하는 게 이렇게 편하고 행복한 건지 몰랐다. 내 뒤에
는 절대 펑타 형님이 계신다. 라는 게 이렇게 든든할 줄이야.
루펜달이 잠시 공격을 멈췄다. 그걸 화해의 제스처로 받아들

인 이베가 황급히 말했다.

"너희가 준 6천만 골드를 돌려주겠다."

배가 아프지만 어쩔 수 없지. 여기서 죽는 것보다는 훨씬 낫지 않은가.

"주겠다?"

"아, 아니. 드리겠습니다."

한주혁이 귓말로 말했다.

─최대한 많이 뜯어라. 네 능력 지켜본다.

그 말을 들은 루펜달이 도끼눈을 떴다. 이때다. 이때가 내 충성심과 존경심을 증명할 기회다.

"네 목숨값이 그것밖에 안 되냐?"

내 수완을 증명해 보이리라!

"7, 7천만 골드 드리겠습니다!"

"그냥 뒈져."

아까는 말하지도 않던 스킬명을 굳이 육성으로 말했다.

"데스 네……."

"1, 1억 골드 드리겠습니다!"

루펜달은 잠시 한주혁의 눈치를 살폈다. 그래. 1억 골드 정도면 형님도 만족하지 않으실까? 그렇게 생각했다.

한주혁의 귓말이 들려왔다.

─1억 3천만 골드.

─맡겨만 주십시오!

루펜달이 대놓고 말했다.

"뒤통수를 치려고 했잖아? 내가 너한테 6천만 골드를 줬지? 그니까 1억 3천만 골드를 줘야겠지? 그렇지?"

논리라곤 전혀 찾아볼 수 없었다. 원래 논리 없이 목소리 큰 놈이 이기기 제일 힘든 법이다. 그리고 지금 이베는 철저한 약자였다.

'씨팔……!'

분했다. 저런 사회 하층민들에게 이런 수모를 겪어야 한다니. 언젠가는 반드시 이 수모를 갚아줘야 했다.

'여기서 살아서만 나가면…….'

그러면 인사 조치는 없을 거다. 없던 일로 마무리될 거고 세력을 키워서 저 루펜달 새끼를 그때 가서 척살하면 된다.

"아, 안전지대로 가서 1억 3천만 골드 드리겠습니다."

한주혁이 또 귓말을 보냈다.

─따라해. 아 이 새끼, 아직도 정신을 못 차렸네. 그냥 안 받고 죽일란다.

루펜달도 신났다. 숨어서 다니던 풀카오가 이렇게 당당해질 수 있다니.

"아직도 정신을 못 차렸네, 이 등신새끼가. 그냥 안 받고 죽일란다. 데스 네……."

"자, 잠시만요!"

이베는 황급히 뒷걸음질 치다가 제 다리에 걸려 넘어졌다.

그는 창피해할 여유도 없이 다급하게 얘기했다. 그에게는 선택지가 없었다.

"드, 드리겠습니다! 목숨만은 살려주세요."

그 자리에서 1억 3천만 골드를 건넸다. 그가 조심스레 눈치를 살폈다.

"그, 그럼 저는 이만 돌아가도 되죠?"

그때, 한주혁이 말했다.

"잠깐!"

씨팔, 또 뭐냐. 이젠 저 따까리 펫까지 나서서 난리냐. 이베는 순간 인상을 찡그릴 뻔했지만 그러지 못했다.

한주혁은 아까의 약속을 잊지 않았다.

"나 100만 골드 준다며? 그건 왜 안 줘?"

한주혁은 기어코 100만 골드까지 뜯어냈다. 이거. 수익이 제법 짤짤한걸. 이베가 공손히 머리를 숙이고 뒤로 돌았다. 그리고 도망치기 시작했다. 빠르게 안전지대로 넘어가고 싶은 모양이었다. 한주혁이 말했다.

─야, 쳐.

─예……?

이 형님. 생각 이상으로 야비하다. 1억 3천 정도 뜯었으면 살려줄 법한데. 그래서 너무 좋다. 존경스러운 형님이다.

─저런 놈들이 사회를 좀먹는 거야. 정의 실현하자, 우리. 여기서 죽으면 인사 조치도 당하겠지.

-맡겨만 주십시오! 정의의 사도가 되겠습니다!

버프 받은 루펜달이 뛰었다. 그가 신나게 외쳤다. 스킬은 하트 어택인데 육성은 다르게 말했다.

"정의 구현!!"

아까 이베가 한주혁에게 한 말을 되돌려주는 것도 잊지 않았다.

"재미없으니까 한 방은 버텨줘라."

안타깝게도 이베는, 한주혁이라는 사기캐의 버프를 머금은 하트 어택 한 방을 버티지 못했다. 정의 구현(하트 어택)은 이베를 순식간에 검은 잿더미로 만들어 버렸다. 검은 잿더미에게서 아이템도 하나 드랍됐다.

'이 개새끼가!!'

반드시 복수하고 말 거다. 반드시. 루펜달, 저 개새끼. 반드시 척살하고 말 거다. 하지만 겉으로는 비굴하게 말했다.

"그 아이템만 돌려주시면 1, 10억 골드 드리겠습니다!"

"생각 좀 해볼게."

나는 그냥 펫이라서 뭐라 할 수가 없거든.

루펜달의 속사정을 알 수 없는 이베는 루펜달이 자신을 놀린다고 생각했다. 강제 로그아웃을 당한 이베는 분노에 가득 차 책상을 뒤집어엎고 난리가 났다. 아무도 없는 방 안. 그가 고래고래 소리를 질렀다.

"그게 어떤 물건인데!!"

한편 한주혁은 씨익 웃었다.

'앞으로도 이래야겠어.'

이거 좀 편하다. 직접적인 욕도 안 먹을 수 있고. 보아하니 루펜달도 이런 게 천성에 맞는 모양이고.

루펜달이 간신배처럼 웃으면서 말했다.

"헤헤. 형님. 제가 죽이고 왔습니다."

"좋냐?"

"네, 형님. 저런 새끼들 몰려다니면 맨날 도망 다녔는데. 속이 뻥 뚫리는 기분입니다요. 이게 다 형님 덕분입니다. 감사합니다. 여기 저 새끼가 드랍한 주머니입니다."

루펜달은 아이템 줍는 펫을 자처했고 이베가 드랍한 주머니를 순순히 가져다 바쳤다. 뭔지 확인조차 하지 않는 충성심(?)까지 보였다. 한주혁은 그걸 받아 들었다.

'주머니?'

저놈이 어째서 10억 골드까지 제안했을까. 주머니가 꽤 묵직했다. 주머니를 확인해 봤다. 그와 동시에 한주혁은 입을 쩍 벌렸다. 그의 표정을 본 루펜달도 몹시 궁금했는지 물어봤다.

"형님, 도대체 뭔데 그렇게 놀라십니까?"

5장
제왕 카리아

　주머니 안에는 골드가 수북하게 쌓여 있었다. 아무래도 무게 제한 때문에 이 주머니 안에 모아놓은 것 같았다. 창고 등에 맡기지 않은 것으로 보아 불법적인 루트로 횡령한 돈일 가능성이 매우 컸다.

　'어디 보자.'

　약 5억 골드.

　'개이득.'

　살막에서 소유권을 얻게 된 60억 골드와는 완전히 다른 형태의 돈이다. 그 60억 골드는 한주혁이 마음대로 사용할 수가 없다. 그것은 온전히 스카이데블을 위해서 써야만 하는 골드다. 그렇지 않으면 겨우 얻어 놓은 장로들의 신임이 날아갈 수도 있다. 그런데 이건 다르다.

'이건 온전히 내 돈이라는 거지.'

그놈. 자신이 죽을 거라고 상상이나 했을까. 상상 못 했으니 이런 거금을 인벤토리에 넣고 다니지. 애초에 이쪽을 죽이러 올 때 자신이 죽을 거란 시나리오는 머릿속에 없었을 거다.

'근데 10억 골드를 제안했었는데.'

여긴 아무리 봐도 5억 골드밖에 없다. 그런데 10억 골드라니? 부피와 무게를 줄여주는 이 '감소 주머니'의 시세는 약 3천만 골드. 그걸 계산한다 치더라도 놈이 10억을 제안할 이유는 없었다. 아무래도 뭔가 아직은 알 수 없는 뭔가가 숨겨져 있는 모양이었다.

'정 모르겠으면 나중에 10억에 팔지 뭐.'

어려운 문제는 아니었다. PVP 한 번에 무려 5억 골드를 벌었다. 이거면 별다른 일이 없는 한 아파트 한 채는 살 수 있다. 그의 소박한(?) 꿈이 벌써 거의 이루어진 거다.

루펜달이 손을 싹싹 비볐다.

"역시 형님은 위대하십니다."

"그럼 내놔."

"……예?"

"아까 아이템 줍는 거 봤어."

루펜달의 눈이 커졌다. 아니, 이 형님은 눈이 네 개쯤 달렸나. 그걸 또 언제 어떻게 봤대.

"설마 네가 꿀꺽하려던 거 아니지?"

"다, 다, 당연히 드리려고 했죠. 하, 하하! 저를 뭐로 보시고! 형님 없었으면 먹지도 못했을 아이템! 당연히 드리려고 했습니다!"

굳이 안 그래도 되는데 그는 아까 주운 아이템을 소매로 슥슥 닦아서 두 손으로 공손히 아이템을 넘겨줬다. 한주혁의 기분도 좋아졌다. 생각지도 않았던 횡재이지 않은가.

한주혁이 받아 든 아이템은 썩 뛰어난 아이템은 아니었다.

-테이머의 반지.
-강철 건틀렛.

그가 알기로 강철 건틀렛은 약 500만 골드 정도 하는 아이템이고 테이머의 반지는 해봐야 한 300만 골드 정도 하는 아이템이다. 둘 다 한주혁에게 큰 의미는 없는 아이템들. 어쨌든 이걸로도 약 800만 골드를 번 셈이다.

절대악. 할 만한 거 같다.

루펜달에게 상도 줬다. 루펜달은 여러모로 효용가치가 있는 녀석이다. 채찍뿐만 아니라 당근도 주기로 했다.

"3,000만 골드는 펫 인센티브로 준다."

"감사합니다 형님! 평생 발닦개가 되겠습니다!"

루펜달은 기뻤다. 대연합 새끼들과 일 대 다수로 싸워도 안 진다는 확신이 생기자 마음이 아주 흡족해졌다. 게다가 인센티브로 3,000만 골드라니. 로또 2등까진 아니지만 어쨌든 그에 버금가는 금액이다.

이 펫. 할 만하지 않은가. 아, 펫 하기 좋은 날씨다. 그는 이 세상이 아름답게 보였다. 이왕이면 이 언데드 상태가 풀리지 않으면 좋을 거 같다.

한주혁이 말했다.

"그럼 루니아 대륙에서 내 연락 기다려."

같은 대륙에 있어야 귓말이 오갈 수 있다.

"알겠습니다, 형님. 일 잘 보고 오십시오, 형님!"

루펜달의 역할은 이제 끝났다. 특별히 버프도 한 번 걸어줬다. 루펜달은 행복해했다.

"폭업하고 있겠습니다, 형님!"


루니아 대륙 카고누스 산맥.

한주혁이 걸음을 옮겼다. 저만치 멀리. 약속 장소에서 동생과 부하 1호(루펜달은 부하가 아니라 펫이다)가 기다리고 있는 게 보였다.


카고누스 산맥 북서쪽 입구.

언제나 그렇듯 천세송은 로브를 뒤집어쓰고 있었다. 로브의 특수 옵션인지는 몰라도 저걸 입고 있으면 여자인지 남자인지조차도 구별이 되지 않는다. 얼굴도 거의 안 보이고.

"아저씨, 좀 늦었네요."

"어. 약간 문제가 있어서."

"그 문제는 잘 해결된 거예요?"

"그럭저럭."

천세송과 한세아는 이곳에 먼저 도착해서 놀고만 있지는 않았다. 주변에 작은 마을이 하나 있는데, 그곳에서 정보를 좀 미리 얻어냈다고 했다. 온라인상으로 얻는 정보와 해당 장소에서 직접 NPC나 플레이어에게 얻는 정보의 질은 조금 달랐으니까.

이런 것들을 경험해 본 적이 없는 그리고 길을 잃어보지 않은 것이 처음인 천세송은 약간 신난 것처럼 얘기했다.

"카고누스 산맥은 인기가 없는 사냥터래요. 몬스터의 난이도도 높은 편이고 지형이 굉장히 험해서 오가기 힘들대요."

"……그러냐?"

한주혁은 별생각 없었다. 저런 정보. 올림푸스 매니아에 접속하기만 해도 금방 얻을 수 있는 내용이다.

'쟤는 왜 저렇게 신났어?'

설마 저런 정보 얻은 게 자랑스러운 건 아니겠지?

"그리고 있잖아요. 저 여기까지 오는데 길을 한 번도 안 잃었어요."

그러니까…… 길 안 잃은 게 자랑스러운 건가?

"맞다 맞다. 그리고 또 하나. 중요한 게 있어요."

"뭔데?"

"이건 그냥 NPC들 사이의 소문인데요. 엄청 강력한 몬스터 하나가 가끔 나타나는 모양이에요. 이름난 헌터 NPC도 들어갔다가 살아 나오지 못했대요. 레벨 50대 파티가 퀘스트 때문에 들어갔다가 전멸당했다는 소문도 있어요."

한주혁은 그 정보에 집중했다. 아주 강력한 몬스터라.

'올림푸스 매니아에는 그런 내용은 없었는데.'

가서 부딪쳐 보면 알 거다.

'그래.'

스승 새끼가 남겨준 유적 퀘스트다. 마냥 쉽지는 않을 거라고 생각하고 있다. 혹시 몰라 7번 성좌인 동생도 데려왔고 말도 안 되는 능력을 가진 네크로맨서도 데려오지 않았는가.

한주혁이 앞장서서 걸음을 옮겼다.

"가보면 알겠지."

카고누스 산맥. 천세송의 말대로 비인기 사냥터다. 산세가 높고 험해 일반적인 플레이어는 접근하기를 꺼린다. 거기에 더해 몬스터들의 난이도도 다른 곳들보다 높은 편. 가성비가 매우 떨어지는 사냥터다.

그런데 한세아는 그 가성비가 떨어진다는 말에 동의할 수 없었다.

"오빠, 여기 대박인데?"

"그러게."

이곳에 출몰하는 몬스터들의 평균 레벨은 약 40~50 정도 되는 것 같았다. 일반적으로 레벨로만 치면 '중급' 정도에 해당하는 사냥터라 할 수 있었다. 그런데 다른 곳보다 몬스터가 강력했다. 능력치를 따지고 보면 레벨 50 중반 정도의 몬스터들이 출몰한다고 보면 됐다.

이곳에서 무난하게 사냥하려면 레벨 40대 후반 이상의 플레이어들 7명 정도가 필요하다는 뜻이다. 그런데 그 레벨 40대 후반 플레이어들은 레벨업을 할 수 있는 다른 곳이 많기에 굳이 힘들여 이런 험한 곳에 오지 않는다. 하지만 이들은 다르다.

천세송이 제자리에서 폴짝 뛰었다.

"아저씨! 저도 또 레벨업 했어요!"

천세송의 현재 레벨은 23. 한세아의 현재 레벨은 33이다. 둘 모두 40대 후반에 진입하려면 아직 멀었다. 여기서 일반 플레이어들과의 갭이 생기는 거다.

한세아도 기분 좋은 듯 웃었다.

"여기 가성비가 안 맞다는 건 다 뻥이었어."

물론 한세아도 안다. 여긴 가성비가 안 맞는 곳이다. 원래대로면 레벨 40대 후반 정도는 되어야 여기서 플레이할 만하다.

"오빠가 대박인 건 알았는데 진짜 여전히 대박이네."

오빠가 이런 말도 안 되는 능력을 가지게 될 줄이야. 20년간 납치당해 취준생(?) 시절을 보낼 때만 해도 이런 날이 올 줄은 몰랐다. 지금은 '우리 오빠 짱짱맨!'이라고 외치고 싶을 정도였다.

"라이트닝 볼트!"

그녀는 신이 나서 여기저기 마법을 뿌려댔다. 커다란 송곳니를 가진 호랑이 형태의 몬스터. 샤벨 타이거가 검은 잿더미가 되어 사라졌다. 이런 산악 지형에서는 상대하기가 매우 까다로운 몬스터다. 하지만 한주혁의 버프와 어그로가 있는 이상, 한세아와 천세송은 두려울 게 없었다.

"일어나라! 죽음의 병사들이여!"

여기서 사냥한 동물 형태의 몬스터만 벌써 수백 마리가 넘어간다.

지도가 알려주고 있는 곳을 향해 걸어가고 있다. 덕분에 천세송은 수백 마리의 군세를 이끌고 나아갈 수 있었다.

"마나 안 딸리냐?"

"응? 왜요?"

천세송은 질문의 의도를 파악하지 못했다. 왜 마나가 딸려요?

"여기서 도대체 왜 그렇게 많이 소환하는 거냐?"

"많으면 좋은 거 아니에요?"

한주혁은 황당했다. 저 클래스. 도무지 컨트롤이라는 걸 필요로 하지 않는 클래스인 것 같다. 지금 소환한 언데드들이 벌써 200마리는 되는 것 같은데. 천세송은 지쳐 보이질 않는다. 저놈들을 유지하는 데 들어가는 마나가 매우 희박하다는 소리다.

'진짜 개사기 클래스네.'

뭐. 좋은 게 좋은 거다. 본인이 힘들지 않다면 된 거지.


그렇게 3일이 흘렀다. 한주혁과 천세송 그리고 한세아는 지도에 표시된 곳을 찾을 수 있었다.

천세송은 자신이 지도를 보고 찾아왔다는 것에 감격한 듯했다.(물론 길은 한주혁과 한세아가 다 찾았지만.)

"아저씨, 여기가 틀림없어요."

"어. 알아."

문제가 있다면 여기가 절벽이라는 것 정도. 높이가 어느 정도 되는지 모르겠다. 어마어마하게 높은 수직 절벽이다. 고개를 높이 들어 하늘을 쳐다 보니 이 절벽은 구름과도 맞닿아 있었다.

'클라이밍 스킬도 없고.'

한주혁은 넘치는 스탯을 바탕으로 여길 오르는 게 가능할 수도 있긴 있다. 그런데 천세송과 한세아는 아니다. 한세아에게 물었다.

"플라이마법 있냐?"

"있는데 사용 불가야. 마법이나 스킬로 오르는 게 불가능한 절벽인 것 같은데."

역시 스승 새끼다. 진입부터가 쉽지 않다. 이딴 곳에 퀘스트를 만들어 놓을 줄이야.

'어떻게 한다.'

잠시 생각을 해보기로 했다.

---

카리아는 카고누스 산맥의 제왕이다.

사실 카리아는 카고누스 산맥 출신은 아니었다. 여기저기 날아다니다 보니 이곳에 정착하게 됐다. 이곳에 정착한 게 일주일 정도 됐다.

그(?)는 흉폭했다. 보이는 몬스터들을 모조리 먹어치웠다. 카리아는 몬스터들의 눈알을 파먹는 것을 제일 좋아했다. 그리고 몬스터들이 토해내는 반짝이는 돌 같은 것도 좋아했다. 그걸 먹으면 점점 강해지는 게 느껴졌다. 더 똑똑해지는 기분도 들었다.

그런데 더 좋아하는 게 생겼다.

인간들을 죽이면 가끔 황금색의 반짝거리는 걸 토해내고 죽었다. 카리아는 그게 골드라는 건 몰랐지만 어쨌든 그게 아주 맛있다는 건 알게 됐다.

어느 순간이 되자 카리아는 상대의 레벨을 읽을 수 있게 됐다.

저 인간은 약해.

물론 카리아는 그게 '레벨'인지는 모른다. 그냥 본능적으로 레벨을 읽어 내고, 그에 따라 상대의 강함을 체크할 수 있는 정도.

카리아는 산맥을 날아다니면서 몬스터들을 잡아먹고 인간들도 사냥했다. 저번에는 대여섯 명의 인간을 한꺼번에 죽였다. 꽤 많은 황금색 돌을 드랍해서 아주 행복했다.

키에에엑!

카하야아악!

카리아는 제왕이었다.

그를 막을 수 있는 몬스터나 인간은 없었다. 카고누스 산맥은 다른 곳에 비해 몬스터들이 많았고 이곳은 카리아가 살기에 아주 쾌적한 환경을 제공했다. 여기서 평생 먹고살아야지. 일단 그렇게 마음먹었다.

그런데 이게 웬걸. 몬스터의 씨가 마르고 있었다. 내 밥이, 소중한 나의 밥이.

카리아는 눈에 불을 켜고 자신의 밥을 먹어치우는 하찮은 것들을 찾기 시작했다. 어느 순간 카리아는 발견할 수 있었다. 수백 마리의 몬스터도 아닌 것들이 떼를 지어 돌아다니고 있는 것을.

그런데 전혀 맛이 없어 보였다. 구역질이 날 정도였다. 가까이 다가가기 싫을 정도. 카리아는 확신했다. 저놈들이다. 저놈들이 내 밥을 먹어치우고 있다. 카리아는 화가 났다.

인간 세 마리가 보였다. 카리아는 레벨을 느낄 수 있다. 인간들은 약했다. 저번에 싸웠던 인간보다도 훨씬 약했다.

키에에에엑!

이 허접한 인간 놈들. 내가 눈알을 다 파먹어 주겠어. 카고누스 산맥의 제왕이 날개를 펼쳤다. 그 길이가 장장 5미터가 넘었다.

저런 약한 놈들이 감히 나의 소중한 식량들을 빼앗아?

제왕을 건드린 대가는 혹독해야 했다. 그래서 카리아는 엄청난 속도로 놈들을 향해 돌진했다. 쉽게는 안 죽일 거다. 고통스럽게. 제왕의 식사를 빼앗은 대가로 아주 잔인하게 죽일 거다. 눈알도 다 파먹을 거다. 제왕의 밥을 훔친 자. 죽음으로 그 죗값을 치르리라.


한주혁은 고개를 들었다. 하늘에서 무언가가 빠른 속도로 날아들고 있었다.

"어?"

보는 순간 느꼈다. 저거 보스몹 혹은 굉장히 중요한 역할을 하는 특수한 몬스터다.

카리아의 눈에 인간들이 더욱 가까이 보였다. 5미터가 넘는 날개를 쫙 펴고 제왕의 위엄을 토해내며 빛살처럼 날아들었다.

한주혁이 가까워진 몬스터를 향해 중얼거렸다.

"웬 닭?"

새 형태의 몬스터라는 건 알겠다. 그리고 꽤 강력한 힘을 가지고 있다는 것도 알겠다.

"루나는 뒤로 빠지고 마리안은 언데드들 앞세워."

아! 역시 지금은 너무 저렙이다. 빨리 레벨을 올려서 광역 탐지 같은 걸 쓸 수 있어야 저런 놈들이 하늘에 있건 땅에 있건 다 알아차릴 수 있을 텐데. 눈으로 보고 나서야 알아차리다니.

빨리 고수가 되어야겠다는 생각이 무럭무럭 피어오를 무렵. 카리아가 점점 더 가까이 다가왔다.

키야아아아악!

날카로운 부리를 내밀고 빛살처럼 빠른 속도로 그리고 부리보다 더욱 날카로운 발톱으로 저 하찮은 인간 놈의 몸을 갈기갈기 찢어버리려고 했다.

한주혁은 아까 워프 포탈 근처에서 자신을 습격했던 놈들이 드랍했던 아이템을 떠올렸다.

'심심한데 한번 차볼까?'

아이템이란 그런 거다. 필요에 따라 효용성에 따라 심혈을 기울여 세팅하는 경우도 있지만 그냥 재미를 위해 기분 전환을 위해 아이템을 바꾸기도 한다.

실질적인 능력이라곤 쥐뿔도 없는 이벤트 의복을 입는다거나. 능력치와는 전혀 무관한 패션 아이템을 낀다거나. 혹은 고수처럼 보이고 싶어서 겉으로 보기에는 멋있어 보이는 아이템을 착용한다거나. 반대로 허접처럼 보이려고 안 좋은 아이템을 쓴다거나.

하여튼 아이템이라는 건 착용할 수 있는 한도 내에서는 자유롭게 사용이 가능하다.

**〈테이머의 반지〉**

드래곤 테이머 칼립스가 만들어 세상에 헌정한 유산.

효과: 1회성 공용 테이밍.

레벨 제한: 7

사용 제한: 공용 클래스/테이머 클래스

**〈강철 건틀렛〉**

강철로 만든 건틀렛.

공격력: 10~25

효과: 고통 효과.

**사용 제한: 공용 클래스/근거리 딜러 클래스/근거리 탱커 클래스**

원래 한주혁에게는 그다지 쓸모가 없는 아이템이다. 이미 펫으로는 아주 훌륭한 루펜달이 있는 그에게 굳이 '공용마법'을 사용해서 허접한 펫을 따로 만들 필요가 없기 때문이다. 그리고 테이머의 반지는 1회성 반지다. 저걸 쓰느니 그냥 300만 원에 파는 게 이득이다…… 라고 한주혁은 생각했었다.

'근데 닭이잖아?'

심지어 하늘을 나는 닭.

'테이밍 하자!'

원래대로라면 말도 안 되는 생각이다. 테이머의 반지는 레벨 제한이 7이다. 그리고 사용 제한이 공용 클래스 혹은 테이머 클래스다. 말이 그렇다는 거지 사실은 공용 클래스. 그러니까 전직을 하지 않은 상태의 초보들이 사용하는 아이템이라는 뜻이다.

테이밍 스킬을 가진 진짜 테이머라면 이런 저레벨용 아이템을 사용할 필요가 없다. 다시 말해 테이머를 목표로 하는 초보 플레이어들(아카데미로 치면 7~10살 정도 되는)이 테이밍 연습을 위해 사용하는 연습용 아이템이라는 뜻.

'테이밍을 하려면…….'

일단 패고 봐야지. 근데 죽으면 안 되잖아?

빛살처럼 빠르게 날아오는 닭을 향해 그것보다 더 빠른 주먹을 내질렀다.

'평범하지 않은 강력한 주먹.'

데미지 설정은 일단 -99프로. 놈이 어느 정도 강한 건 알겠으나 그렇다고 해도 평타를 날릴 수는 없지 않은가. 저놈 잘잡아서 여기 올라가는 데 써야겠다.

제왕 카리아는 가소로웠다. 저런 약한 놈이 감히 주먹을 뻗어? 그 주먹을 잘게 잘게 쪼개주마! 카리아의 날카로운 발톱이 그 연약하디연약한 주먹에 닿았다.

그랬다가 카리아는 작전을 바꿨다. 무시무시한 제왕의 힘을 보여주리라! 카리아의 발톱이 한주혁의 주먹을 낚아챘다. 그리고 하늘 높이 날아오르기 시작했다.

가소로운 인간 놈. 인간 놈들은 하늘을 무서워한다. 아니나다를까. 인간 놈은 당황한 것처럼 보였다.

"어라?"

물론 한주혁은 당황하지 않았다. 오히려 조금 만족스러웠다. -99프로로 설정했을 때 데미지가 전혀 들어가지 않았다. 1퍼센트의 공격력으로는 놈의 방어력을 전혀 뚫지 못했다는 거다.

한주혁은 카리아의 다리에 매달린 상태로 카리아의 금빛눈동자와 눈이 마주쳤다.

"이 새끼, 날 얕잡아 보네."

피식 웃었다. 화도 안 난다. 5살짜리 꼬마가 아저씨! 덤벼요! 내가 이기니깐! 했을 때 화가 난다면 그건 정신에 약간 문제가 있는 거다.

"이야."

우거진 나무를 뚫고 높이 올라갔다. 하늘에서 본 카고누스 산맥은 장엄했다. 꽤나 멋진 풍경이었다.

"이놈. 놓치지 말아야겠어."

관광 닭으로 딱이지 않은가.

한 손으로 놈의 발가락(?)을 꽉 잡았다. 카리아는 더욱더 속도를 높이기 시작했다. 그래, 더욱 무서워해라. 절망을 맛보고 공포를 맛봐라. 카리아는 빙글빙글 날아다녔다.

한주혁은 왼손으로 카리아의 발을 꽉 붙잡고 도망치면 안되니까 오른손으로 놈의 발에 −80 퍼센트로 조정된 '평범하지 않은 강력한 주먹'을 사용했다.

키익?

제왕 카리아는 발에서 뭔가 따끔 하는 게 느껴졌다. 인간 놈이 뭔가 발악하고 있는 것 같았다. 감히?

"어라. 이것도 잘 버티네."

물론 몸통을 때리지 않았으니까. 어느 정도 페널티는 있을 거다. 발이 약점인 몬스터는 별로 없지 않은가.

'평범하지 않은 강력한 주먹.'

이번에는 −50퍼센트로 줄였다.

제왕 카리아는 이제 따끔한 정도를 넘어서서 꽤 묵직한 통증을 느껴야만 했다. 안 되겠다. 이 건방진 인간 놈. 공포가 무엇인지 보여줘야겠다.

키에에에엑!

카리아는 빠른 속도로 날아 절벽을 향했다. 이 인간 놈을 절벽에 패대기칠 생각이다. 아마 내장이 터져 죽어버릴 거다.

한주혁도 카리아가 뭘 생각하는 건지 알겠다.

"이 건방진 닭대가리 새끼가."

한주혁은 매달리기를 멈췄다. 대신 등산, 아니, 등조를 시작했다. 발톱에서 발목으로, 발목에서 몸통으로.

"깃털도 제법 튼튼하고."

깃털 몇 가닥을 꽉 붙잡으니 떨어질 염려는 없을 것 같다. 떨어지는 게 무서운 게 아니다. 놈이 도망치는 게 문제다. 이 좋은 펫감을 놓칠 수는 없지.

"닭대가리야. 넌 좀 맞아야겠다."

한주혁은 어느새 카리아의 머리 위까지 올라왔다. 그리고 평범하지 않은 주먹을 사용했다. 머리는 급소일 수도 있으니까 친절하게 데미지는 좀 줄여줬다.

'다시 −80퍼센트.'

그리고 머리를 후려쳤다. 그와 동시에 허접한 아이템의 효과도 발동됐다.

—강철 건틀렛의 고통 효과가 발동합니다.

키에에에엑!

아까와는 사뭇 다른 카리아의 괴성이 터져 나왔다. 절벽을 향해 날아가던 카리아가 급속도로 하늘을 향해 다시 날아올랐다. 90도, 아니, 90도를 넘어서서 거의 100도 그리고 110도. 120도. 이리저리 어지럽게 날아다녔는데, 한주혁은 놈의 속셈을 알아차렸다.

"날 떨어뜨리시겠다?"

미안한데 나 힘이 좀 세거든. 깃털을 스스로 뽑아 버리는 능력이 없다면 안 떨어질 거야.

테이밍을 할 때에는 몬스터랑 대화를 나눠야 한다는 걸 어디선가 들었다. 그래서 그 나름대로는 대화를 나누기로 했다. 물론 카리아의 입장에서의 대화는 아니었다. 지극히 한주혁 본인 위주의 대화였다.

"닭은 쥐어패야 제맛!"

평범하지 않은 강력한 주먹이 날아들었다. 제왕 카리아는 무서운 고통을 맛보아야 했다. 카고누스 산맥에서 이런 고통을 느껴본 적이 없다.

—50퍼센트로 조정된 평타는 무시무시했다. 단 한 번에 몬스터 특유의 쉴드를 깨버렸다.

카리아는 이제 죽음의 위험을 느껴야만 했다. 저 인간, 보통 인간이 아니었다. 어쩐지. 몸에서 검은색 기운이 스멀스멀 올라온다 했다.

"음. 50퍼센트로 몇 대 치면 죽겠네."

그러면 안 된다. 소중한 펫감이다. 조금 수고스럽더라도, −80퍼센트로 해서 여러 대 때리기로 했다.

카리아는 어떻게든 한주혁을 떨어뜨리려고 발버둥을 쳤으나 그럴 때마다 돌아오는 것은 끔찍한 고통이었다. 머리 전체가 흔들리고 눈알이 빠질 것 같았다.

키에에엑!

키이이이이이익!

이 인간 놈아. 좀 떨어져라!

키에에엑!

키이이이익!

제발 떨어지란 말이다!

키에에엑!

키이이이익!

어떻게 하면 날 살려주겠니?

키에에엑!

키이이이익!

살려줘. 제발. 너무 아파.

키에에엑!

키이이이익!

살려주세요. 너무 아파요.

제왕 카리아는 점점 약해졌다. 황금빛 눈에 눈물이 고였다. 공용 클래스. 그러니까 전직도 못한 쪼렙이 선사하는 고통 효과는 어마어마했다. H/P가 거의 빨피에 도달했다. 카리아는 이런 신세가 될 거라고는 전혀 생각하지 못했다. 제왕이. 카고누스 산맥의 제왕이 이런 비참한 최후를 맞이하게 될 줄이야.

키에에엑!

키이이이익!

차라리 죽는 게 낫겠어.

머리를 뒤흔드는 이 끔찍한 고통에서 벗어나고 싶었다. 그런데 그때. 이상한 기운이 몰려들었다. 무언가가 자신의 몸을 옥죄는 것 같은 느낌이었다. 저항하고 싶었지만 몸에 힘이 너무 없어서 너무 무력해진 상태라서 저항할 수 없었다.

키에에엑!

키이이이익!

이게 아닌데…….

키에에엑!

키이이이익!

뭔가…… 잘못되어 가는 것 같은데…….

한주혁에게 알림이 들려왔다.

-테이머의 반지를 사용합니다.

-카리아 테이밍을 시도합니다.

-카리아 테이밍이 진행됩니다.

-테이밍은 시전자의 클래스와 지능에 직접적인 연관이 있습니다.

테이머의 반지가 반짝거렸다.

-엄청난 지능이 확인됩니다.

-몬스터의 저항 의지가 확인되지 않습니다.

시간이 흘렀다.

-축하합니다!

-카리아 테이밍이 일부 성공합니다.

-완벽한 테이밍을 위하여 '네이밍 작업'이 필요합니다.

-테이밍 몬스터는 '펫 목록' 명령어로 확인 가능합니다.

카리아에게도 한주혁이 말하는 게 어렴풋이 들려왔다.

"테이밍 뭐. 별거 아니네."

한세아가 어이없다는 듯 말했다.

"오빠, 테이밍 스킬도 있었어?"

"아니, 테이머의 반지 주웠거든."

"금수저 어린애들이 테이밍 연습할 때 쓰는 아이템이잖아, 그거?"

최근 한국 내에서 최고로 비싼 유니콘을 테이밍한 것으로 유명해진 유리아라는 최상급 테이머도 저 반지로 조기교육을 받았다고 했다.

"그거 테이머랑 공용 클래스만 사용할 수 있잖아."

"응."

맞다. 저 오빠. 아직 전직도 안 했지. 한세아는 의식적으로 노력하여 황당해하기를 멈추기로 했다.

"맞아, 오빠는 상식적으로 생각하면 안 되는 인간이지."

저걸 보면 전직 안 하는 게 나을 거 같기도 하다. 저 오빠가 쓰면 초급 공용마법이 일격 필살 대마법이 되고 초급 공용 버프가 초고레벨 버퍼가 사용하는 엘리트급 버프가 되고 초급 공용 힐이 신성 사제가 펼치는 상급힐이 되지 않는가.

심지어 이제는 금수저 어린애들이 교육용으로 사용하는 테이머의 반지 써서 아마도 보스몹이라 짐작되는 몬스터 하나를 테이밍했다. 이건 미쳤다.

천세송은 황당해하기보다는 감탄했다.

"우와. 대단해요!"

보다 상식적이고 보다 이성적인 사람이라면 황당해하는 게 맞지만 그녀는 황당해하지는 않았다. 애초에 자기 클래스가 워낙에 사기적이라 남의 사기적인 능력도 그렇게 황당하게 느껴지지 않았다. 그런 것에 대한 개념이 별로 없다는 것에 가깝다. 남에게는 황당한 기적이지만 자신에게는 그저 조금 놀라운 일 정도.

"테이밍도 가능하구나. 아저씨, 엄청 다재다능하네요."

한주혁은 피식 웃었다. 지금 놈은 기절해 있는 상태. 그래, 형이 좀 너그러운 마음으로 기다려 줄게.

여유로운 마음으로 펫 목록을 열었다. 어디 얼마나 대단한 놈인지 한번 볼까. 펫 목록을 확인한 한주혁이 고개를 갸웃했다.

'응……? 이게 뭐냐?'

생각지도 못한 내용이 보였다.

# 6장
## 절대자를 위한 안배

펫 목록을 살펴봤다.

**〈펫 목록〉**

1. 루펜달—잠재적 펫 상태의 언데드.

(1) 설명:

앱솔루트 네크로맨서의 수족. 앱솔루트 네크로맨서의 사령술
보다 상위 능력의 파천심공과 절대악 효과에 의하여 잠재적 펫
상태 유지 중.

(2) 레벨: 58

(3) 성장 요건: 일반 플레이어와 동일.

(4) 특징:

—자발적 충성 상태.

－언데드 유지 기한 128시간 30분 14초 남음.

(5) 성향:

－강한 자에게 약하고 약한 자에게 강함.

－간신배.


뭐냐 이건. 잠재적 펫 상태의 언데드라니. 이건 황당한 건지. 좋은 건지. 알 수가 없었다. 시스템상으로 아마 보기 편하게 만들어 놓은 것 같은데.

'강한 자에게 약하고 약한 자에게 강해?'

근데 자발적 충성 상태란다.

'보아하니 언데드 유지 기한이 끝나면 펫 상태에서 풀리는 것 같네.'

뭐 이런 시스템이 다 있나 싶다. 한주혁도 처음 본다. 여기까진 그냥 그렇다 칠 수 있다. 저건 완전 펫 상태가 아니라 잠재적 펫 상태이며 언데드 유지 기간이 풀리면 또 어떻게 될지 모르는 거니까. 일단 넘어가기로 했다.

'근데 이 새끼는 뭐 이래?'


2. 카리아(네이밍 작업 진행 중)-성장형 몬스터

(1) 설명:

황금 눈 독수리의 돌연변이. 세계 각지를 떠돌다 카고누스 산맥의 제왕으로 자리 잡음. 몬스터 스톤과 골드를 매우 좋아함.

(2) 레벨: 62

(3) 등급: S

(3) 특징:

    −자신이 제왕인 줄 알고 있음.

    −인간에 비하여 지능이 매우 떨어지나 언어를 알아들을
     수 있는 능력이 있음.

    −상대의 레벨을 파악할 수 있음.

    −대식가.

(4) 성장 요건:

    −경험치 획득

    −몬스터 스톤 섭취

    −골드 섭취

(5) 스킬:

    −몸통박치기

    −발톱 낚아채기

    −회피 비행

    −부리 뚫기

(6) 성향:

    −아픈 걸 무서워함.

    −제왕의 자긍심이 있으나 눈물이 많음.

    −먹을 것에 매우 취약함.

몇 가지 재미있는 것들이 보였다. 루펜달의 성장 요건은 일반 플레이어와 동일하다. 그런데 이 닭둘기의 성장 요건이 좀 그랬다.

'몬스터 스톤과 골드?'

돈 먹는 닭둘기. 현질 하면 강해지는 펫. 강해지기 전인데 등급이 S.

그가 알기로 한국에서 가장 비싼 테이밍 몬스터인 유니콘 그러니까 유리아가 테이밍하는 데 성공한 그놈이 등급 S다. 그 유니콘이 얼마더라. 수십억인지 수백억인지. 하여튼 엄청 비쌌었다. 그런 놈이 S인데 이놈이 S라고?

'돈 많이 먹이면 등급도 올라가겠지?'

아. 이걸 키워야 돼. 말아야 돼?

약간의 고민을 할 무렵. 카리아가 눈을 떴다. 황금색 눈망울에는 아직도 눈물이 고여 있었다.

키익?

언제 땅으로 내려왔지. 눈앞에 이 인간들은 뭐지. 카리아는 혼란스러웠다. 자신이 왜 저 무서운 인간을 주인으로 인식하고 있는 건지도 모르겠다.

"야, 너 내 말 알아듣지?"

카리아는 본능적으로 모른 척해야 한다는 것을 알았다. 못들은 척했다. 저 무서운 인간 옆에 또 다른 인간이 말하는 것도 들렸다.

"와. 아저씨는 펫이랑 의사소통도 돼요?"

물론 일반적으로는 안 된다. 더더군다나 공용 초급 테이밍으로 테이밍을 하지 않았는가.

"야, *꼬꼬*."

제왕 카리아의 몸이 움찔했다. 꼬꼬? 설마 날 부르는 건 아니겠지? 어감이 영 아니다. 제왕에 어울리지 않는다. 나는 제왕이다. 애써 무시했다.

"어쩔 수 없네. 말 알아들으면 골드 주려고 했는데."

그와 동시에 먼 산을 바라보던 카리아의 고개가 빠른 속도로 한주혁을 향했다. 한주혁이 씨익 웃었다.

"이 새끼 봐라. 내 말 알아듣잖아."

카리아는 별을 봤다. 머리에서 어마어마한 충격이 느껴졌다. 도망치고 싶었다. 그런데 도망칠 수가 없었다. 이상한 힘이 자신을 구속하고 있는 것 같았다. 제왕은 울고 싶었다.

"아프냐?"

제왕 카리아는 저도 모르게 고개를 끄덕이고 말았다.

"어휴. 몸이 많이 상했네."

힐을 써줬다. 공용 초급 힐 세 번에 레벨 60대 펫의 H/P가 가득 찼다.

키이익!

뭐지. 이 인간. 생각만큼 나쁜 놈은 아닌가?

키이익!

속지 말자. 날 이렇게 아프게 만든 놈이 저놈이다. 그런데 그때, 한주혁이 뭔가를 꺼내 들었다. 골드였다.

"형 말 잘 들으면 인마."

자다가도 골드가 생겨. 루펜달을 다루면서 느꼈다. 채찍이 있으면 당근도 있어야 하는 법. 얼마나 먹성이 좋은지는 모르겠다만, 일단 한번 먹여 보기로 했다.

키이익!

저, 저것은!

카리아는 안 그래도 배가 고프던 차였다. 이 맛 좋은 것. 그래. 인간들이 이걸 골드라고 불렀어. 카리아는 행복해졌다. 아까와는 다른 의미로 눈에 눈물이 고였다. 너무 맛있었다.


─이름을 부여하시겠습니까?

─이름을 부여하면 완전한 종속관계로 인정됩니다.

─카리아의 펫 네임이 '꼬꼬'로 확정됩니다.

─축하합니다!

─카리아 테이밍에 완전히 성공하였습니다!


그리고 한주혁이 뭔가를 꺼내 들었다. 이베에게서 빼앗은, 5억 골드가 들어 있는 감소 주머니다.

"꼬꼬, 이거 보이지?"

꼬꼬의 눈이 뒤집혔다. 눈에서 나오는 황금빛이 강렬해졌다. 깃털이 파르르 떨렸고 온몸에 전율이 일었다. 제왕 카리아, 아니, 꼬꼬는 저렇게 많은 골드를 본 적이 없다.

"이게 다 형 거다. 말 잘 들으면 네 것이 될 수도 있어."

꼬꼬는 제왕의 자존심을 버렸다. 저렇게 맛 좋은 것 앞에서 자존심 따위 무슨 소용이랴. 자고로 먹는 게 최고다.

그날 이후로 제왕 카리아의 이름은 꼬꼬가 되었다. 무려 200만 골드를 먹어치운 꼬꼬는 하늘 높이 날아올랐다.

키에에엑!

제왕 카리아는 행복해졌다. 그래, 이런 게 행복이지.

아무래도 행운을 낚아챈 것 같다.

키에에에엑!

힘들게 사냥 다닐 필요도 없다. 그리고 이 인간들. 특히 저 암컷들이 자신을 굉장히 귀여워하는 게 보였다. 제왕의 위신에 걸맞지는 않지만 어쨌든 저 암컷들이 귀여워해 주니 뭐랄까 기분이 미묘하게 좋았다고나 할까.

키에에에엑!

행복해진 꼬꼬는 열심히 날았다. 골드 주머니를 떠올리면서. 그 골드 주머니에는 골드로 위장한, 골드처럼 생긴 이상한 것도 포함되어 있었지만 아무렴 어떠랴. 그 맛있는 게 많이 있는데!

얼마간 날았을 때 천세송이 말했다.

"아저씨, 지도에 뭔가 반응이 있어요."

⁂

대연합 엘진. 수많은 팀이 있지만 그중에서도 꿀보직은 뭐니 뭐니 해도 '워프 포탈 관리팀'이다. 그곳의 팀장 하나가 불의의 습격을 당해 죽었다는 보고가 올라왔다.

이베. 현실 이름으로 이병운은 전화를 받았다.

─조심했어야지.

"죄송해요, 큰어머니."

전화를 한 사람은 다름 아닌 엘진의 이사 중 한 명인 조윤하였다. 이병운이 능력과 재능이 충분하지 않음에도 불구하고 워프 포탈 관리팀장 자리에 앉을 수 있도록 도와준 인물.

─어찌어찌 잘 넘어갈 거 같다. 워프 포탈 주변을 탐색하다가 보스몹 만나서 죽었다고 해놓을 테니까……. 과도한 욕심은 부리지 말거라.

"네, 조심할게요. 감사합니다."

─또 이런 일이 발생하면 덮어주기 힘들어. 알겠지?

"네, 명심할게요."

전화를 끊었다. 이베는 입술을 꽉 깨물었다.

"사회 하층민 새끼들이……."

그는 엘리트 집단이다. 이렇게 잘못을 해도 유야무야 잘 넘어간다. 그게 바로 인맥이 가진 힘이고 핏줄이 가진 힘이다. 잘못해도 용서받고, 제대로 안 해도 좋은 자리를 얻을 수 있다. 어려서부터 부족한 것 없이 자랐다. 풀카오 같은 사회 하층민들과 엮일 일도 없었다. 그런데 이번에 치욕을 맛봤다. 가진 것도 쥐뿔도 없는 개돼지들한테.

"루펜달 그리고 그 병신. 내가 반드시 잡아 족친다."

정보가 조금 잘못됐다. 루펜달은 레벨 50대가 아니었다. 적어도 스텝업을 한 번은 더 했다. 아마 60 이상이라 짐작된다. 대외적인 레벨을 속인 모양이다.

레벨 60부터는 고수의 영역이다. 물론 강한 건 맞지만, 그렇다고 그보다 더 고수가 없는 것도 아니다.

"감히 대연합의 팀장을 건드려?"

얼마 후, 올림푸스 매니아를 뒤지던 그는 알 수 있었다.

"아. 이 새끼가 람타디안이었어?"

저번에 올림푸스 매니아를 후끈 달궜던 스텝업 퀘스트가 하나 있다. 지금도 진행 중이다. 그 퀘스트로 인해 수많은 플레이어와 NPC들이 람타디안을 쫓고 있다.

"흐흐흐."

기분이 좋아졌다. 루펜달과 람타디안이라니. 이거 불행이 행운으로 바뀌는 것 아니겠는가. 사람들을 모으기도 쉬워졌다.

"신분의 격차를 똑똑히 느끼게 해주마."

그들에게 복수할 계획을 차근차근 세웠다. 저런 쓰레기들과 자신은 태생부터 신분이 다르니까. 신분의 격차. 확실히 느끼게 해주기로 했다.

한주혁은 인상을 찡그렸다.

"꼬꼬. 좀 더 위로."

위로 올라갔다.

"아래로."

아래로 내려갔다. 그러기를 몇 차례를 반복했다. 이쯤 어디에서, 지도에 반응이 있는 건 확실한데. 그 이상은 모르겠다. 입구를 찾을 수가 없었다.

'이 스승 새끼가······.'

최소한 입구가 어디인지는 알려줘야 할 것 아닌가. 아마 이 절벽 안쪽에 뭔가가 숨겨져 있는 것 같은데.

'절벽을 부숴 버릴 수도 없고.'

한주혁의 스탯이 100이 아니라 1,000. 아니, 10,000이라고 해도 그건 불가능하다. 아니, 불가능하다고 알려져 있다. RPG 게임을 생각하면 편하다. 만렙을 찍는다고 주변의 지형지물을 공격하여 무너뜨리지는 못하니까. 게임 세계에서는 부술 수 있는 것과 부술 수 없는 것이 확실하게 구분되어 있다.

"아저씨, 뭔가 좀 알아냈어요?"

"아니, 전혀."

감도 안 온다. 스승 새끼가 이 유적을 교묘하게 감춰놓은 것 같다.

"근데 아저씨 힘 엄청 세잖아요. 이거 부수면 뭐 나오지 않을까요? TV도 때리면 말 듣는데."

"소용없어."

애초에 이런 건 공격대상이 아니다.

"왜요?"

"이건 못 치는 거야."

"아니던데…… 제가 이미 애들로 쳐봤어요."

"……응?"

"저 밑에 우리 애들이 열심히 때리고 있는데 자격이 없어서 아무것도 안 된대요."

뭐냐. 한주혁은 고개를 갸웃했다. 그의 눈으로 보면, 아무리 봐도 이건 공격 불가 대상이다. 이건 그냥 보면 인식된다. 이건 칠 수 있구나, 이건 칠 수 없구나. 이 절벽은 칠 수 없는 대상이었는데.

'아. 얘는 그걸 인식조차 못 한 거야?'

재능이 없다 없다 하지만 이 정도일 줄은 몰랐다. 정말로 순결한 아이였다. 순결한 백색이었다. 머리가.

"이건 못 치는 거야."

"왜요? 치고 싶어요."

"그렇게 되어 있어."

네가 아니라 누가 치더라도, 아무것도 안 돼. 그걸 보여 주려고 주먹을 내질렀다. 이른바 평타. 수많은 플레이어와 몬스터들을 한 방에 골로 보낸 무자비한 평타가 절벽을 때렸다.

그와 동시에 알림이 들려왔다.

-파천심공의 기운이 담긴 강력한 공격을 확인합니다.

-'세월의 절벽'이 파천심공의 기운을 확인합니다.

-'세월의 절벽'의 개문 조건이 발동됩니다.

한주혁은 황당했다. 그의 상식이 파괴되는 느낌이었다. 아예 칠 수 없는 걸로 인식이 되어 있는데 치니까 조건이 발동됐다.

-'세월의 절벽'의 개문 조건을 확인하십시오.

개문 조건은 황당했다.

'200마리의 제물이 필요하다고?'

카고누스 산맥에 서식하는 200마리의 몬스터가 제물로 필요하단다. 알림이 이어졌다.

-카고누스 산맥에 서식하는 200마리의 몬스터가 제물로 필요합니다.

　-제물이란 시체, 몬스터 스톤, 몬스터에서 드랍된 아이템 등. 몬스터의 사체를 대변할 수 있는 모든 것을 포함합니다.

　-제한 시간 5분이 주어집니다.

　-개문 조건을 만족하지 못하면, '세월의 절벽'은 붕괴합니다.

　5분 만에 200마리? 상식적으로 저걸 구할 수는 없다. 미리 준비하고 있던 게 아니라면. 시간이 줄어들었다.

　-제한 시간: 4분 47초.

　원래대로라면 이건 만족시킬 수 없는 조건이었다.

　제물에 관한 조건은 '시체, 몬스터 스톤, 몬스터에서 드랍된 아이템 등. 몬스터의 사체를 대변할 수 있는 모든 것'이라고 했다. 다시 말해 플레이어가 몬스터를 죽였다는 것을 증명할 수 있는 것이면 뭐든지 상관없다는 얘기.

　"야, 꼬맹이."

　"……네?"

　천세송은 불안해졌다. 설마. 그, 그건 아니겠지?

　"쟤네 200마리 넘지?"

　안 그래도 아까 그랬었다. 이 수백 마리나 되는 놈들을 뭐

하러 이렇게 끌고 다니냐고. 순진무구한 얼굴로 네? 왜요? 라고 되묻던 천세송이 아니던가.

"아, 아닌데요."

"척 봐도 넘는데?"

"286마리인데요……."

천세송의 목소리가 움츠러들었다.

"제물 200마리 필요하다는데?"

"아, 안 돼요!"

"진짜 안 돼?"

"안 돼요. 소중한 아이들이란 말이에요."

얼씨구.

"쟤네들이랑 교감 같은 걸로 연결되어 있냐?"

뭔가 페널티가 따로 있는 건가?

"그런 건 아니지만……."

천세송의 눈에 눈물이 고였다. 순간, 한세아는 자신의 눈과 귀를 의심해야만 했다.

'응?'

천세송이 방금 분명히 '힝'이라고 투정 아닌 투정을 부렸다. 한세아가 아는 천세송은 저렇지 않다. 힝? 어디 순정만화 혹은 애니메이션 같은 데에서나 나올 법한 그런 감탄사 아닌가. 한세아가 아는 천세송은 저런 감탄사를 단 한 번도 쓴 적이 없다.

'클래스 부작용?'

그것 말고는 설명이 안 된다. 저 사기적인 능력을 가졌으면 저런 사소한 부작용 정도는 있어야지. 아마 수족인 언데드들에게 큰 애착을 가지게 되는 것 같다.

"잘 생각해. 너랑 나는 이미 같은 배를 탔어. 네 스승이 그랬다며? 너는 만인지상, 일인지하의 자리에 오르게 될 거라고. 여기서 망하면 끝이야."

"……그래도 저 아이들을 제물로 쓰는 건……."

"지금 당장 내가 내려가서 200마리를 잡아 오는 게 가능하다고 생각해? 이제 겨우 3분 남았다."

천세송은 약 1분간 고민했다. 그녀도 사실 머리로는 알았다. 쉽게 갈 수 있는 길이 있는데 어렵게 돌아갈 필요가 없다. 그런데 이상하게도 그럴 수가 없었다. 저 언데드 군단을 내 손으로? 제물로 바쳐야 한다고? 본능적인 거부감이 스멀스멀 피어올랐다.

한세아의 생각이 맞았다. 그녀는 전혀 모르고 있지만 '앱솔루트 네크로맨서' 클래스가 가진 부작용 아닌 부작용이었다. 그래서 평소에 보이지 않던 모습들도 보이게 되는 거고.

"너 이번에 제물 아끼면서 제대로 못 도울 거 같으면 나도 여기서 끝이다. 나는 합리적인 길 놔두고 감상에 팔려서 할 일도 못하는 애랑은 같이 일할 생각 없어. 감성적인 어리광 받아줄 만큼 나는 여유롭지 못해."

"······."

"10초 내로 결정해. 제물을 바치고 나랑 같이 갈지. 제물 아끼고 나랑 다른 길 갈지."

천세송은 입술을 깨물었다. 괴로웠다. 클래스 부작용이 그녀의 온몸을 강하게 압박하고 아프게 만들었다.

'나는 아저씨랑 같이 가야 돼.'

이 본능적인 괴로움. 단순한 괴로움을 넘어서서 심장을 짜내는 듯한 고통을 이겨내기로 했다.

그래서 결심했다.

"아저씨가 나 책임져야 돼요."

"······."

뭔가 어감이 조금 이상하긴 했지만 어쨌든 책임은 책임이다. 수장인 절대악으로서 하위 보조 클래스인 천세송, 그러니까 마리안을 책임지는 게 맞기는 맞으니까.

결국 천세송은 결단을 내렸고 제물 200마리가 등록되었다. 그 선택의 부작용인지, 천세송의 H/P가 빨피까지 떨어져 내려서 한주혁이 황급히 힐을 사용해 줬다.

천세송에게 알림이 들려왔다.


-대단합니다!

-대의를 위한 위대한 결단을 내렸습니다!

-찢어지는 가슴과 고통을 부여잡고 위대한 결단을 내린 앱솔루

트 네크로맨서를 존중합니다.

　-모든 능력치가 대폭 상승합니다.

　-모든 언데드의 능력치가 대폭 상승합니다.

　-모든 언데드의 등급이 +1 상향 조정됩니다.

　-언데드 활용 한계치가 2,999마리로 상승합니다.

　-언데드 활용시 M/P 소모가 -50% 적용됩니다.

　-언데드와의 친화력이 대폭 상승합니다.


　천세송은 깨달았다. 저 아저씨 말 잘 들어야겠다. 아까는 엄청 괴로웠는데 지금은 그 괴로움이 모두 사라졌다. 시스템 보정인지는 몰라도 마음이 무척 평안해졌다.

　"아저씨가 나 책임지기로 했어요."

　"……갑자기 뭐냐?"

　천세송이 빙그레 웃었다.

　"나 말 잘 들을 거예요."

　꼬꼬는 말 잘 들으면 골드가 떨어진다. 나는 말 잘 들으면 각종 보정이 떨어진다. 그렇게 생각하니 행복해졌다. 다짐했다. 말 잘 듣기로.


　알림이 들려왔다.

-축하합니다!
-'세월의 절벽' 개문 조건을 완벽하게 클리어하였습니다!

개문 조건을 클리어했다는 알림음과 동시에 주변이 바뀌었다. 아무래도 던전 안으로 이동된 것 같다. 주변은 어두웠다. 캄캄해서 아무것도 보이지 않았다. 알림이 이어졌다.

-'세월의 절벽'의 입성 자격을 확인합니다.
-'세월의 절벽'의 입성 자격이 충족되지 않으면 영구적 계정 삭제가 진행됩니다.

이 순간만큼은 한주혁도 깜짝 놀랐다. 한주혁뿐만 아니라 한세아, 천세송까지 모두가 깜짝 놀랐다.
"오빠, 이게 뭔 소리야?"
도대체 뭔 놈의 던전이 '영구적 계정 삭제'란 말인가. 이런 던전은 듣도 보도 못했다.
한주혁은 이내 침착함을 되찾았다.
'스승 새끼가 호락호락할 리 없지.'
그래. 그 새끼는 정상적인 새끼가 아니었다. 6살 아이를 납치해 20년간 고문 아닌 고문을 하면서 키우지 않았던가. 그런 사이코가 남겨놓은 안배다. 쉬울 리 없지.

－'세월의 절벽' 입성 자격은 '절대악'의 칭호입니다.

한주혁은 자신의 귀를 의심했다.

'……응?'

뭐야.

'절대악?'

개쉽네?

－'절대악'의 칭호가 확인됩니다.

－축하합니다!

－'세월의 절벽' 입성 자격이 충족되었습니다.

－관문 '세월의 절벽'이 유적 '켈트의 유산'으로 변경됩니다.

그와 동시에 빛이 번쩍였다. 셋 모두 눈이 부시다 느꼈을 때
배경이 바뀌었다. 약간의 로딩 시간을 거친 뒤 한주혁이 주변
을 둘러봤다.

'지하 공동 같은 느낌이네.'

거대한 공동이 보였다. 꽤 넓었다. 천장은 보이지 않았다.
상당히 깊은 곳에 위치한 공동 같았다. 공동 안에 특별한 발
광체는 없었으나 시야는 확보되어 있는 상태였다. 저 멀리 보
이는 동굴 같은 입구 서너 개.

"오빠, 여기가 어디야?"

"들었잖아. 켈트의 유산."

한주혁이 씨익 웃었다.

켈트. 잊고 있었는데 스승 새끼의 이름이었다. 그리고 또다시 떠올렸다.

"아주 지랄맞은 것들이 있을 확률이 높아."

무려 스승 새끼가 준비한 안배이지 않은가. 아니나 다를까 알림이 또 이어졌다.

–'켈트의 유산'을 이어받을 자격이 있는지 확인합니다.

–절대악은 7명의 성좌를 무너뜨려야 합니다.

–절대악에게는 강력한 조력자들이 필요합니다.

한주혁은 다시 한번 확인할 수 있었다. 과거 20년간의 고생 그리고 스카이데블과의 만남. 이 모든 것은 하나의 거대 시나리오다. SSS등급이며 메인 시나리오 퀘스트의 한 줄기라는 뜻이다.

'이건 게임이잖아.'

현대인들은 잊고 있다. 이게 게임이라는 것을.

실생활에 필요한 물품과 현대 문물에 필수적인 몬스터 스톤이 이곳에서 나온다. 그래서 이 올림푸스를 게임이 아닌 직장으로 생각하는 사람들이 대부분이다.

하지만 올림푸스의 본질은 게임이다. 게임은 그 시나리오 퀘스트를 클리어하는 것에 의의가 있지 않은가. 그렇게 생각하자 오히려 의욕이 활활 불타올랐다. 까짓것 클리어하면 되지 않겠는가.


─강력한 조력자 세 명을 확인합니다.
─조력자 세 명의 동의가 필요합니다.
─조력자의 동의를 얻지 못하면 계정은 영구 삭제됩니다.


뭔 놈의 영구 삭제가 이렇게 쉽냐. 한주혁은 고개를 절레절레 저었다.

"세아, 동의 알림 들어가면 동의한다고 해."

"……알았어."

동생은 말할 것도 없고.

"세송이 너도."

"알겠어요!"

아저씨 말 잘 듣기로 했다.

나머지 하나는.

"야, 꼬꼬."

뭔가 좀 부족한 거 같은 느낌이 들지만 일단 여기서 동의를 얻을 수 있는 '의사'를 가진 생물체는 꼬꼬밖에 없지 않은가. 그리고 보면 꼬꼬를 얻은 것은 행운이라 할 수 있었다.

"자, 꼬꼬. 이거 봐라."

인벤토리에서 주머니를 꺼내 들었다. 그 안엔 금화가 수북이 쌓여 있었다.

키에엑! 키에엑!

저 맛 좋은 것! 맛있는 것!

꼬꼬의 눈빛이 탐욕으로 물들었다.

"내 말 잘 들을 거지?"

금화를 하나 줬다. 꼬꼬는 그걸 삼켰다. 또 줬다. 또 삼켰다. 한주혁은 아예 뭉텅이로 퍼서 금화를 줬다. 꼬꼬는 그것을 마구 집어삼켰다. 거기서 한주혁은 뭔가 발견했다.

"왜 이건 안 먹어?"

키에엑!

그건 맛있는 것이 아니니까요! 그건 먹는 거 아니에요!

키에엑!

지지! 지지!

꼬꼬가 고개를 저었다. 한주혁은 약 800만 골드를 투자했다. 그러니까 이 닭둘기(?)에게 여태까지 1,000만 골드가 들어간 거다. 그제야 배가 부른지 꼬꼬는 날개로 배를 쓰다듬으며 트림을 꺼억- 했다.

"말 잘 들을 거지?"

키에엑!

당연하죠!

꼬꼬는 이대로 사육되길 원했다. 이 주인님, 착한 주인님이다. 세상에 이렇게 멋진 주인님이 또 있으랴.

"그럼 내 말 잘 듣는다고 고개를 끄덕여."

그렇게 세 명의 조력자가 선정되었다.


―축하합니다!

―켈트의 유산에 입장할 수 있는 자격이 확인되었습니다.

―켈트의 유산이 안배한 시험 관문이 준비되었습니다.

―켈트의 유산이 안배한 시험 관문에 진입하시겠습니까?

―켈트의 유산이 안배한 시험 관문에 진입하지 않아도 좋습니다.


시험 관문이란다.

'진짜 관문은 아니라는 소리인데.'

안배가 있다?

'확인해야 돼.'

중요한 퀘스트의 경우, NPC의 말을 스킵해서는 안 된다. 같은 맥락으로 시험 관문이 있다면 이걸 스킵하면 안 된다. 어떤 단서가 주어질지 모르니까. 시험 관문을 통과하기로 했다.

그러자 설명이 이어졌다. 스승 켈트가 제자를 위해, 절대악을 위하여 안배해 놓은 여러 가지 얘기가 흘러나왔다.

결론은 간단했다. 스카이데블을 부흥시키고 이 세계를 제패해야 하는데, 그것을 도울 안배가 있다는 얘기였다.

-켈트의 안배가 펼쳐집니다.

세 명이 각자 다른 공간으로 워프 되었다.

⚜

올림푸스 매니아는 오늘도 뜨거웠다. 언제나 그렇듯 각종 퀘스트 공유, 인원 모집, 아이템 상담, 공략집 유포 등. 여러 가지 얘기가 있었지만 요즘 가장 핫한 퀘스트를 꼽으라면 스텝업 포인트와 함께 7억 골드의 현상금이 걸린 '람타디안'을 잡는 퀘스트였다.

루니아 대륙 카고누스 산맥 근처의 마을 NPC로부터 결정적인 단서가 흘러나왔다. 수많은 정보가 올림푸스 매니아라는 거대한 플랫폼에 통합되고 재조명되었다.

-람타디안은 카고누스 산맥으로 향했다.

수많은 헌터가 람타디안의 흔적을 찾았다.

현재 람타디안과 관련된 퀘스트를 받은 인원은 약 700여 명. 직접적으로 받은 이들이 700여 명이니 이것을 공유한 것까지 합치면 수천 명이 넘는다는 소리다.

거기에 또 핫한 글이 올라왔다.

－람타디안을 생포하는 사람에게는 현상금 7억과 더불어 5억을 더 얹어 줍니다. 당연히 퀘스트 공유를 통해 스텝업 포인트도 공유합니다.

사람들은 믿지 않았다. 어떤 미친놈이 현상금 7억에 5억을 더 준단 말인가. 그런데 그게 마냥 헛소리는 아닌 듯했다.

－글 올린 사람 엘진의 팀장이래.
－엘진?

국내 굴지의 대연합이 아닌가. 그곳의 팀장이 직접 올린 글이었다.

－엘진의 기밀문서를 몰래 빼돌렸다는 모양이야.
－헐! 대박이다. 그럼 진짜일 수도 있다는 거네?
－글 올린 사람 등급 봐. 플래티넘이야. 진짜 엘진 소속 팀장인 거지.

스텝업 포인트 1개, 현상금 7억 거기에 또 다른 보상 5억 골드. 로또 1등보다도 나은 퀘스트 아닌가. 사람들이 벌떼처럼 달려들었다.

-저도 퀘스트 공유 좀.

-저도 람타디안 퀘스트 공유받고 싶습니다. 성직자입니다.


이베는 웃었다. 놈을 생포해야 한다. 그래서 그 주머니를 돌려받아야 했다. 그걸 돌려주면 살려주겠다고 척살은 하지 않겠다고 회유해야지. 지금 그에게는 그게 제일 중요했다.

사람들이 몰려들었다. 그리고 카고누스 산맥으로 향했다. 람타디안을 잡기 위해서. 람타디안의 마지막 흔적은 카고누스 산맥의 절벽 부근으로 이어져 있었다.

"너는 상대를 잘못 건드렸어."

거기서 끝이 아니었다. 이병운. 올림푸스 이름으로 이베는 전화를 한 통 받았다. 그리고 깜짝 놀랐다.

"지, 진짜? 네가?"

-네, 운 좋게도 1번 성좌의 자리. 제가 차지했습니다. 형의 복수. 제가 돕죠.

이병운은 침을 꿀꺽 삼켰다. 이 동생은 도대체 가지지 못한 게 뭔가. 굴지의 대연합, 국내는 물론이고 세계를 놓고 견주어 봐도 부족함이 없는 글로벌 대연합 신성의 직계 아닌가.

재벌 3세, 34세의 젊은 나이로 이사에 올라있는 그다. 사석에서 만나 형, 동생 하는 사이이긴 하지만 나이란 명목으로 형, 동생 하는 거지 주도권은 언제나 이병운이 아닌 그에게 있었다.

'1번 성좌가…… 강무석이었다고?'

대박이다. 자신에게 알려준 것으로 보아 아마도 1번 성좌가 된 것을 대대적으로 홍보하고 세력을 더 넓힐 모양이었다. 그리고 대연합 신성에서도 1번 성좌가 된 강무석을 지지하고 전폭적으로 도와주겠지.

'무석이가 함께 온다면.'

무서울 것이 없다. 쩨쩨하게 12억 골드 먹고자 저러는 건 아닐 테고 분명 '성좌 퀘스트'와 관련한 무언가가 있을 것 같다. 하지만 그에게 그런 건 중요하지 않았다. 중요한 건 신성의 이사 강무석이 함께한다는 것. 당연히 신성 차원에서의 엄청난 조력이 있을 거다.

─람타디안. 제가 잡아서 형한테 넘겨 드리죠.

"고맙다! 진짜 든든하네. 너만 있으면 세상에 두려울 게 뭐가 있겠냐?"

전화를 끊었다. 이베가 흐흐흐 웃었다. 재벌 3세가 함께한다. 신성의 이사. 두려울 게 없지 않은가.

람타디안. 그 새끼도 끝이다.

"넌 이제 끝이다."


같은 시각.

한주혁을 비롯한 한세아, 천세송 그리고 꼬꼬는 모두 각자 다른 공간으로 워프된 상태다. 모두가 입을 쩍 벌렸다. 꼬꼬의 부리에서도 침이 질질 흘러나왔다.

한주혁이 주위를 둘러봤다.

"이게……."

스승 새끼의 안배? 사이코 스승 새끼의 안배는 상상 이상
이었다.

이베에게 강무석이라는 든든한 지원군이 있다면 한주혁에
게는 스승의 안배가 있었다.

# 7장
# 모습을 드러낸 1번 성좌

한주혁이 주위를 둘러봤다. 스승 새끼의 안배. 다시 말해,
'나를 스카이데블의 절대자로 만들기 위한 안배.'
더 정확히 말해,
'완벽한 절대악으로 키우기 위한 안배.'
그렇다. 켈트의 안배는 그런 거다. 그리고 아무래도 그게
맞는 거 같다.
한주혁이 혼자 남아 있는 공간. 이곳 역시 어두컴컴한 곳이
었다. 동굴 같은 곳이었는데 반대편에서 몬스터들이 꾸역꾸
역 밀려들기 시작했다.
익히 알고 있는 몬스터다.
'세 발 까마귀.'
까마귀의 형태를 하고 있는 몬스터. 세 개의 다리가 있는 몬

스터인데 날지는 못한다. 다만 그 세 개의 다리를 바탕으로 굉장히 민첩한 움직임을 보이며 강력한 산성 액을 발사하는 스킬을 가지고 있다.

'스페셜 지역. 라이나에서만 서식하는 걸로 알고 있었는데.'

스페셜 지역 라이나는 한주혁이 20년간 고생했던 곳이다. 그는 그곳으로부터 빠져나왔다. 다시 돌아가는 방법은 모른다. 어쩌면 시스템상 사라졌을지도 모를 곳이다. 스페셜 지역이니까.

크기는 약 1미터. 놈들이 몰려들었다. 이미 질리도록 많이 싸워본 놈들이다. 가운데 다리가 약점인 놈들. 한주혁이 평타를 사용했다.

─축하합니다!
─세 발 까마귀를 사냥하였습니다!
─90,000골드를 획득합니다.
─경험치가 상승합니다.

이어지는 평타. 평타. 또 평타.

─축하합니다!
─세 발 까마귀를 사냥하였습니다!
─90,000골드를 획득합니다.

―레벨이 올랐습니다.

그리고 계속되는 평타.

―레벨이 올랐습니다.

레벨이 미친 듯이 올랐다. 이곳에 입장할 때 레벨이 40. 현재 레벨 48. 보통 연합원이라면 8년이 걸릴 일을 8분 만에 해 버렸다. 스승 새끼가 사이코인 것은 맞는데 마냥 사이코는 아니었던 모양이다. 이런 폭업은 생각지도 못했다.

레벨이 49를 넘어 50으로 향했을 때. 이제 스텝업 때문에 레벨업을 못 할 거라고 생각한 그때 새로운 알림까지 들려왔다.

―특수 조건을 확인합니다.
―스텝업 포인트가 필요하지 않습니다.
―스텝업이 진행됩니다.

49를 돌파해서 50에 도달했다.

―축하합니다!
―레벨 50을 달성하였습니다!

한편 천세송은 신이 났다.

"일어나라 죽음의 병사들이여!"

벌써 언데드의 수를 900까지 채웠다. 한 번에 운용할 수 있는 언데드 군단이 2,999마리다. 900마리를 운용해 봤는데 별로 힘들지 않았다. 그리고 예전의 언데드들보다 훨씬 강력한 언데드들이 생겼다.

데스나이트 군단. 샤벨 타이거보다 훨씬 더 강력했다. 처음에 한 마리 잡기가 힘들어서 그렇지 시간이 지나면 지날수록 유리한 건 천세송이었다. 몰려들고 있는 저 '나이트'보다 자신이 나이트를 가지고 만들어낸 '데스나이트'가 훨씬 더 강력한 몬스터였으니까.

심지어 이 데스나이트들은 간단한 말까지 할 줄 알았다.

"주군께…… 충성을 바치겠습니다."

"마리안 님께 어둠의 영광을……!"

"마리안 님을 대적하는 모든 이에게 죽음의 칼날을 선사하라."

마리안은 또 다짐했다. 아저씨 말 잘 들어야겠다. 잘 들으니까 이렇게 엄청난 아이들이 생기지 않았는가. 그녀는 지치지 않았다.

"일어나라 죽음의 병사들이여!"


한편 한세아는 입을 쩍 벌렸다. 그래도 한세아는 한주혁이

나 천세송보다는 보다 상식적이고 보다 평범한 사람이다.

–레벨이 올랐습니다.
–레벨이 올랐습니다.

레벨이 미친 듯이 올랐다. 그녀는 평범하게 아카데미를 졸업했고 또 평범하게 중소연합에 취직해서 평범하게 레벨을 올렸던 사람이다. 한주혁이나 천세송과는 다른, 정말 지극히 평범한 길을 걸었었다. 그렇다 보니 이 상황이 도무지 적응되질 않았다.

"라이트닝 볼트!"

이 엄청난 폭업에 적응하기가 힘들었다. 뿐이랴.

–라이트닝 볼트의 숙련도가 대폭 상승하였습니다.
–축하합니다!
–라이트닝 볼트의 상위 마법, 라이트닝 샤워가 생성되었습니다.
–순백의 마도사 특전으로 라이트닝 샤워의 스킬 등급이 1단계 상향 조정됩니다.

놀란 사람은 셋뿐만이 아니었다. 꼬꼬도 놀랐다.

키엑?

여긴 어디지?

키에엑?

왜 주인이 안 보이지?

키에엑!

근데 저 허접한 놈들은 무엇이냐!

무언가 기분 나쁜 놈들이 기어 다니는 게 보였다. 플레이어들이 봤다면 아마 도망부터 쳤을 것이다.

바닥을 가득 에워싸고 기어 다니는 것은 '맹독 지렁이'다. 굉장히 작은 크기의 벌레형 몬스터지만 플레이어에게 치명적인 독을 내뿜는다. 한 번에 수백, 수천 마리가 몰려다니기 때문에 매우 위험한 놈들이다. 이놈들과 만난 플레이어는 제때 도망치지 못하면 대부분 사망한다는 것이 정설. 이놈들을 상대하려면 '독 저항' 아이템으로 떡칠한 레벨 60대 플레이어와 '광역 공격', 특히 상급 불 계열 마법사까지도 필요하다고 할 정도다.

하지만 제왕 카리아의 눈에는 그냥 지렁이였다.

키엑?

감히 날 물어? 네까짓 것들이?

카리아에게는 맹독 지렁이의 독이 전혀 문제가 되지 않았다. 제왕 카리아는 5미터짜리 날개를 쫙 펴고 두 발로 열심히 달렸다. 이놈들에게 하늘 위에 하늘이 있다는 것을 보여 주려고 했다.

그런데 이게 웬걸. 놈들을 죽일 때마다 파란색 돌멩이가 떨어지지 않는가. 카리아는 행복해졌다. 먹고 먹고 또 먹었다.
플레이어에게는 매우 위험한 맹독 지렁이는 꼬꼬에게 학살당
했다.

꼬꼬는 알지 못했다. 자기가 먹어 치운 것이 하나에 500만
원짜리 블루 스톤이라는 것을.

키에엑!

나는 배고프다!

키에에엑!

그러므로 나는 존재한다!

꼬꼬가 날뛰었다. 그러는 사이 꼬꼬에게 변화가 생겼다.

안배의 시간이 끝났다. 한주혁, 천세송, 한세아는 모두 레
벨을 10씩 올렸다. 모두 스텝업 포인트가 필요 없었단다.

한주혁의 현재 레벨 50.

한세아의 현재 레벨 44.

천세송의 현재 레벨 34.

그야말로 사기적인 레벨업을 이룬 세 사람이 한자리에 모
였다. 한주혁이 먼저 입을 열었다.

"너희, 특전 있었지?"

"어. 대박이야! 진짜 개대박!"

한세아는 엄청난 걸 경험했다면서 호들갑을 떨었다.

"나 10업 했어!"

신이 난 것은 한세아뿐만이 아니었다. 천세송은 또 다짐 했다.

"저도요. 10업 했어요. 아저씨 말 잘 들을 거예요."

한주혁은 꼬꼬를 쳐다봤다.

"응?"

뭐야. 닭에 가까운 모습이었는데 이제는 제법 독수리와 비 슷해졌다. 크기도 더 커진 거 같다. 도대체 뭘 얼마만큼 처먹 은 거야. 하지만 지금은 그 변화 자체에 주목하기보다는 '진짜 관문'에 집중해야 할 때라고 생각했다.

'우리가 방금 경험한 곳은 사전 관문.'

켈트의 안배였다. 안배를 통한 특전이 있는 곳. 누가 봐도 이건 일종의 사전 보상이었다. 그런 특전이 있었다? 단순히 공짜로 이런 쩔을 해줄까? 절대 아닐 거다. 스승 새끼는 그렇 게 만만한 새끼가 아니니까. 이렇게 친절하게 안배를 해줬다 면, 분명 이보다 더한 쓰레기 같은 관문이 있을 거다.

한주혁이 말했다.

"마음 풀지 마. 이제부터가 시작이니까."

다만 한 가지는 확실했다. 겨우 사전 관문이 이 정도였다. 그렇다면 본 관문의 보상은 적어도 이것보다는 훨씬 크다는 거다.

'절대악. 할 만하겠어.'

알림이 들려왔다. 본 관문이 시작된다는 알림이었다.

한주혁에게 홀로그램이 보였다.

─네가 이곳에 도착하였다는 것은, 네가 절대악이 되었다는 것이
겠지. 클클클.

한주혁은 하마터면 주먹을 뻗을 뻔했다. 저 미친 스승을 또
보게 되다니.

─네가 이렇게 성공할 수 있었던 것은 다 나의 안배이며, 내가 너
의 재능을 알아보고 가르쳤기 때문이니라.

클클대며 흐뭇하게 웃는데 진짜 패고 싶었다. 그러나 어차
피 상대는 의지가 없는 홀로그램. 흥분해 봤자 남는 게 없다.
아니, 솔직히 정면으로 싸워도 이길 자신이 없다. 모든 스킬
을 다 사용할 수 있었던 과거에도 제대로 못 싸웠는데 지금 싸
워서 이길 수 있을까? 불가능에 가깝다고 본다.

─그리고 장로들의 인정을 받고 있는 상황이겠지. 내 너의 자질을 알아봤다. 너는 스카이데블의 은신처로 필요한 모든 것을 옮길 수 있는 재능을 가지고 있어. 그게 없으면 스카이데블의 모두는 굶어 죽고 말 것이다.

절대악. 그리고 스카이데블에 대한 메인 시나리오가 조금 더 풀렸다.

─그들을 빛으로 인도해라. 그곳을 번영시키다 보면, 언젠가는 워프 포탈이 생명력을 가지게 될 것이다.

스카이데블의 은신처로 통하는 워프 포탈. 그 포탈에서 자유로운 것은 한주혁뿐이다. 다른 이들은 많은 제약을 가진다.

─워프 포탈은 힘을 잃어가고 있다. 네가 그 불씨를 살려 스카이데블의 부흥을 이끌어야 할 것이다. 언젠가는 그곳을 넘어서 대륙을 정복할 것을 믿어 의심치 않는다.

그러니까 자급자족이 불가능한 스카이데블의 은신처의 워프 포탈은 한주혁이 나타나기 전, 망가지기 직전이었고 그곳을 번영시키면 번영시킬수록 워프 포탈의 능력이 되살아난다는 얘기다. 대규모 인원을 이동시킬 수도 있고 또한 자유자재로 물품 등을 옮기고 할 수 있다는 얘기가 된다.

'그러니까 내게 주어진 메인 시나리오는……'

현재 대륙을 주름잡고 있는 에르페스 제국을 몰아내고 스카이데블의 세상을 만드는 것. 그게 메인 퀘스트인 것 같다.

'스케일 한번 어마어마하네.'

현 세계의 질서를 완전히 무너뜨리고 새로 쓴다는 얘기와 똑같지 않은가. 당연히 에르페스 제국의 고위 귀족들과 연이 닿아 있는 수많은 중소연합, 대연합들은 자신의 적이 될 거고.

─그리고 너는 이곳에서 너를 도울 그 아이를 기다려야 한다.

켈트가 낄낄대고 웃었다.

─10년이 될지, 20년이 될지, 30년이 될지 혹은 40년이 될지…… 그 누구도 알 수 없다. 그 무한한 재능을 가진 아이가, 언제 어디서 어떻게 나타날지 모르니까. 아주 운이 나쁜 경우 1,000년이 넘게 흐를 수도 있다. 이곳에서는 시간이 흐르지 않는다. 1,000년 동안 미치지 않기만을 바란다. 파천심공이 너를 도울 것이다.

한주혁은 순간 인상을 찡그렸다. 저게 뭔 개소리야. ……라고 생각했는데 그렇지 않았다.

—그 아이는 절대적 어둠의 힘을 가진 아이. 순수하고 깨끗한 아이만이 그 능력을 가질 수 있다. 그 아이는 모든 시체를 다룰 수 있는 강력한 재능을 가지고 있으며 그 재능이 꽃피우는 날 너를 도와 세계를 제패할 수 있을 것이다.

이런 얘기, 어디서 많이 들어본 거 같은데. 비슷한 아이가 있는 것 같은데. 알림이 들려왔다.

—'켈트의 유산' 클리어 만족 조건이 발동되었습니다.
—'특별한 클래스. 앱솔루트 네크로맨서를 기다려라!' 조건이 확인됩니다.

이 조건을 만족하지 못하면 100년이고 200년이고 여기서 죽을 때까지 기다려야 한다고 했다. 게임 속 아서는 몰라도 현실 속 한주혁은 또 백수 신세라는 얘기다.

'앱솔루트 네크로맨서?'

기다릴 필요가 있나?

'세송이잖아?'

우연에 우연이 겹쳤다. 알림이 이어졌다.

—'켈트의 유산' 클리어 조건이 확인됩니다!

설마. 진짜 이렇게 클리어되는 건 아니겠지? 한주혁 본인
조차도 믿을 수 없었다. 그런데 분위기를 보아하니 아무래도
진짜 클리어될 거 같다.

─축하합니다!
─'켈트의 유산' 클리어 조건을 만족했습니다!

황당하게도, '켈트의 유산'이 클리어되어 버렸다. 본 관문이
펼쳐짐과 동시에 말이다.

─'켈트의 유산'이 클리어되었습니다!
─'켈트의 유산' 클리어 보상이 산정됩니다!
─'켈트의 유산' 클리어 보상은 은 스카이데블의 절대자를 위한
안배입니다.

'진짜 깼다……?'
진짜로 클리어해 버리고 말았다. 좀 허무하게 말이다. 한편
등골이 오싹해졌다.
'세송이 혼자였으면 여기 절대 못 왔어.'
그랬을 거다. 저 아이의 재능을 보건대 천 년, 아니, 만 년
이 흘렀어도 여기 혼자 못 왔다. 만약 세송이를 만나기 전에
혼자 여기 왔다면? 그러면 아마 평생 백수였겠지. 만땅 스탯

을 가진 이 계정을 삭제해야 했을지도 모를 일이다. 20년간의 개고생은 그대로 그냥 날려 버리는 거고.

'어쨌든 클리어됐다.'

이제 보상이 이어질 차례. 한주혁이 귀를 기울였다.

─스카이데블의 절대자를 위한 안배가 진행됩니다!

보상 알림이 들려왔다.

─스텝업 포인트 2개를 획득합니다.

좋다. 아주 좋다. 일반적인 방법으로 스텝업 포인트를 얻을 수 없는 한주혁이다.

'절대악을 위한 안배!'

이렇게 스텝업 포인트를 얻으면 예전의 위상을 되찾는 것도 그리 오래 걸리지 않을 터.

─보너스 스탯 20개를 획득합니다.

아, 이거. 이래도 돼?

보너스 스탯 20개면 레벨 10을 올린 것과 동일한 스탯이다. 안 그래도 높은 스탯이 더더욱 높아지게 생겼다. 물론 아직 특수 조건을 만족하지 못해 스탯 분배는 못 하고 있지만. 어쨌거나 언젠가는 할 수 있지 않겠는가.

―레드 스톤 1개를 획득합니다.

헉. 한주혁은 헛바람을 들이켰다. 레드 스톤이란다. 이거 하나에 5억짜리다. 최상위권 플레이어들은 하위 사냥터에 눈독 들이지 않는다. 그 이유가 바로 이 레드 스톤 때문이다.

레드 스톤 하나 먹으면 5억씩 떨어지는데 굳이 하위 사냥터에서 노가다를 뛸 필요가 없다. 욕심 없는 최상위권 플레이어들은 일주일에 한 번 정도 약 30분 사냥을 뛰면 5억 정도를 번다. 운 좋으면 1억. 이렇게 한 달 뛰면 4억이다. 욕심 많은 플레이어들은 당연히 훨씬 많이 벌고.

한세아는 제자리에서 폴짝 뛰었다.

"와! 대박! 오빠! 진짜 대박이야!"

평소에 오빠와의 스킨십을 극도로 꺼리는 지극히 평범한 동생인 한세아지만 오늘은 달랐다. 사랑스러운 오빠를 덥석 껴안았다. 한세아의 얼굴에 웃음꽃이 만개했다.

"나 레드 스톤 얻었어! 대박이지!"

무려 5억 골드다.

"오빠, 이것도 7 대 3으로 나눠야 돼?"

"네 보상이니까 네가 가져."

"와 대박! 오빠! 사랑해!"

평소라면 절대로 하지 않을 말이었다만, 한세아는 상관하지 않았다. 5억 골드가 생겼다. 중소연합 다닐 때는 월급이 200만 원이었다. 200만 원? 아무것도 안 하고 심지어 숨도 안 쉬고 모으기만 해도 1년 모아야 2,400만 원이다. 10년 모아야 2억 4천. 20년 동안 숨도 안 쉬고 그냥 월급 다 모으면 겨우겨우 4억 8천이다. 그런데 지금 한 방에 5억을 벌었다. 레드 스톤은 내놓으면 내놓는 대로 팔리는 아주 귀중한 자원이다.

"5억!"

그녀는 믿기 힘든 듯 헤벌쭉 웃었다.

"진짜 나 5억 번 거지? 그치? 세송…… 아니, 마리안. 이거 나 꿈 아니지?"

"응, 언니 축하해!"

천세송도 기분이 좋아 보였다.

"너도 레드 스톤 보상으로 나왔어?"

"아니, 나는 레드 스톤은 없었어."

"그럼?"

"스텝업 포인트랑 스킬 하나 얻었어."

"무슨 스킬인데?"

"리미티드 마나?"

한세아는 고개를 갸웃했다. 저런 스킬명은 처음 들어본다.

하긴 애초에 앱솔루트 네크로맨서라는 클래스도 처음 본다. 처음 보는 클래스가 처음 보는 스킬명을 갖는 것도 이상한 건 아니겠지.

"언데드들을 부릴 때 M/P 소모를 대폭 낮춰준대. 지금은 50퍼센트 정도고…… 이거 계속 올리면 100퍼센트까지 줄어든대."

한주혁은 침음을 삼켰다. 아무래도 진짜 사기 클래스는 자신이 아니라 천세송 같다.

'언데드 활용 숫자가 3천에 육박한다고 했는데.'

3천에 달하는 언데드를 부린다?

'근데 M/P 소모가 없어?'

그럼 정말로 1인 군단 아닌가. M/P 소모 없이 3천 마리의 군세를 이끌고 다닌다면 말이다.

'심지어 모든 언데드의 등급이 상향된다고 했지.'

말하자면 S등급의 몬스터를 잡아 언데드화 시키면 SS등급이 되는 거다. SS등급을 잡으면 SSS등급이고.

천세송이 말했다.

"그래서 언니. 나는 또 다짐했어."

"뭘?"

"아저씨 말 엄청 잘 들을 거야."

한주혁은 저 말을 흘려들었다. 그래, 뭐. 5억씩 떨어지고 새로운 스킬이 생기고 마구 강력해지는데 저 정도 립서비스야 할 만하겠지. 입장 바꿔놓고 생각해도 그렇다.

그때 한주혁의 눈이 꼬꼬에게 향했다.

"가만."

꼬꼬가 움찔했다.

"처음 이곳에서 조력자 동의를 한 건 너희 둘만이 아니잖아."

키이익?

주인. 나는 아무것도 먹지 않았다.

훨씬 커지고 늠름해진 상태의 꼬꼬가 뒷걸음질 쳤다.

"야, 너도 보상받았지?"

키익! 키익!

꼬꼬는 고개를 좌우로 저었다. 카고누스 산맥의 절대자였던 제왕 카리아는 어느새 순종적인 닭이 되었다.

그리고 알림이 들려왔다.


─꼬꼬의 등급이 상향 조정됩니다.

─꼬꼬의 등급이 S에서 SS등급으로 상향 조정됩니다.

─그에 따라 외관과 신체 능력치가 변화합니다.


꼬꼬의 몸에서 황금빛 기운이 넘실넘실 흘러나오기 시작했다. 천세송이 달려가 꼬꼬를 와락 끌어안았다.

"꼬꼬! 어디 아픈 거 아니지?"

꼬꼬는 천세송에게 유독 약한 모습을 보였다. 꼬꼬는 날개를 들어 올려 천세송의 등을 쓸어내렸다.

한주혁은 인상을 살짝 찡그렸다.

저 새끼. 수컷인가.

─꼬꼬의 진화가 진행됩니다.

─꼬꼬가 더욱 강력한 개체로 진화합니다.

꼬꼬의 변화가 시작됐다. 전체적으로 덩치가 훨씬 커졌다.

닭에 가깝던 모양새는 이제 커다란 매라고 해도 믿을 정도였다. 황금빛 깃털에서는 윤기가 흘러내렸다. 날카로운 부리, 윤기 가득한 깃털로 가득 덮여 있는 다부진 체격, 부리보다 더욱 날카로운 발톱, 매서운 황금빛 눈동자.

한주혁은 펫 목록을 열어봤다.

2. 카리아(네임: 꼬꼬)─성장형 몬스터

(1) 설명:

황금 눈 독수리의 돌연변이. 세계 각지를 떠돌다 카고누스 산맥의 제왕으로 자리 잡음. 몬스터 스톤과 골드를 매우 좋아함. 주인을 만나 길들여진 황금 눈 독수리.

(2) 레벨: 73

(3) 등급: SS

(3) 특징:

−사육된 돌연변이. 제왕으로서의 마인드가 모두 사라짐.

  −인간에 비하여 지능이 매우 떨어지나 언어를 알아들을
    수 있는 능력이 있음.

  −상대의 레벨을 파악할 수 있음.

  −대식가.

(4) 성장 요건:

  −경험치 획득

  −몬스터 스톤 섭취

  −골드 섭취

(5) 스킬:

  −몸통박치기 −발톱 낚아채기

  −회피 비행 −부리 뚫기

  −제왕의 포효

(6) 성향:

  −맞으면 아파함.

  −먹을 것에 약함.

  −절대 복종.


  레벨과 등급이 올랐다. 특징이 조금 바뀌었고 성향에 절대
복종이 추가되었다. 그리고 스킬이 하나 새로 생겼다.

  '제왕의 포효?'

  얼씨구.

"네가 제왕이냐?"

키이익!

꼬꼬는 고개를 절레절레 저었다. 그는 이제 제왕 싫다. 제왕이면 뭐해. 매일매일 돌아다니면서 사냥해야 하는데. 이 주인님 아래 있으면 반짝반짝 빛나는 골드도 매일 먹을 수 있고 여러 가지 색깔의 돌멩이도 먹을 수 있다. 방금 먹은 빨간 색깔의 그것은 도무지 잊을 수 없는 환상의 맛이었다. 그리고 그걸 먹는 순간 온몸에 힘이 마구 피어오르며 굉장히 강력해진 기분이 들었다.

꼬꼬는 그 커다란 덩치를 이끌고 걸어가 한주혁의 몸에 머리를 비벼댔다.

＊

한주혁이 뭔가 이상함을 눈치챘다.

"근데 말이야."

원래 클리어되면 밖으로 나가는 게 정상이다. 기뻐하던 한세아도 이상함을 눈치챘다. 이상함을 눈치채지 못한 사람은 천세송이 유일했다.

"왜요? 무슨 문제 있어요?"

"왜 밖으로 안 나가지?"

뭘까. 유적 자체는 클리어됐다.

'뭘 놓치고 있지?'

뭔가 밖으로 나가는 조건이 따로 있는 모양이다. 생각을 해 봤다.

"우리는 처음 들어올 때. 세월의 절벽이라는 관문을 통과해서 들어왔어. 그 관문 조건을 만족시키고 켈트의 유적으로 전환됐었지."

그렇다면 순서를 역순으로 뒤집는다면?

"켈트의 유적에서 나가려면 다시 세월의 절벽으로 전환되어야 하는 거 같은데."

그것 말고는 단서가 없다. 한세아는 동의한다는 듯 고개를 끄덕였다. 오빠 말이 맞는 것 같다. 맞긴 한데.

"그럼 오빠. 어떡해야 돼?"

"글쎄."

그럼 그렇지. 스승 새끼가 이렇게 쉽게 내보내 줄 리는 없다.

100년, 1000년 기다리게 하려던 그 개 같은 심보를 가진 놈이다. 정말 천운이 따라서 여기까지 클리어한 거지, 원래대로라면 불가능했다. 애초에 세월의 절벽 클리어 조건조차도 만족시키지 못했을 거다. 아무래도 이 메인 시나리오 퀘스트는 성공 확률을 매우 희박하게 잡아 놓고서 진행하는 것이 틀림없었다.

그 말도 안 되는 확률을 뚫고 한주혁 자신은 이걸 클리어해 낸 거고.

"혹시."

관문 그리고 보상. 그것과 연관 지어 생각해 보면 답이 보일 듯도 했다. 천세송은 자신은 빠져 있는 것이 낫다는 걸 아는지 조용히 입을 다물고 있는 상태. 한세아는 여전히 감을 잡지 못했다.

"뭔데? 뭐 좀 감이 왔어?"

"어. 처음 여기 들어올 때. 확인했던 게 내가 가진 스킬의 기운이었거든."

반대로 나갈 때는?

"근데 그거랑 교묘하게 관련이 있는 보상이 주어졌어."

하필이면 보너스 스탯 20개다. 왜? 아무런 이유도 없이? 그냥 주어졌을까?

'파천심공을 강화하는 데 필요한 보너스 스탯이 20개였어.'

그렇다면 결국 이곳에서 나가려면 강화된 파천심공의 기운이 있어야 하는 게 아닐까. 거기까지 생각이 미쳤다. 생각은 그리 길지 않았다. 그는 아직 레벨 50이고 아직도 수많은 레벨업을 할 수 있는 기회가 있다.

보너스 스탯. 지금 가지고 있어 봐야 똥밖에 더 되겠는가. 그는 지체 없이 보너스 스탯을 분배했다.


-파천심공이 강화됩니다.
-파천심공이 진 파천심공으로 강화됩니다.

한주혁의 몸에서 흘러나오는 마기가 더욱 짙어졌다. 원래도 얼굴이 제대로 보이지 않았지만 이제는 가까이서 봐도 얼굴 구별이 안 될 정도.

-축하합니다!
-히든 피스. 탈출 조건을 만족하였습니다!
-잔여 시간 42초.
-잔여 시간 초과 시 영구 계정 삭제가 진행될 예정이었습니다.

한주혁은 헛웃음을 지었다. 뭐 이런 미친 던전, 아니, 유적이 다 있나 싶다. 뭐 아무것도 알려주지 않고서 영구 계정 삭제? 이런 개 같은.
알림이 이어졌다.

-진 파천심공의 효과가 발동됩니다.

전 세계 언론이 한국을 주목했다.

-1번 성좌. 대연합 신성의 이사.
-1번 성좌. 자신의 정체를 밝히다!

강무석은 자신 있었다. 자신이 1번 성좌라는 것을 밝혀도 상관없다고 생각했다. 아니, 오히려 그편이 훨씬 좋았다. 대연합 신성의 명예를 더욱 빛낼 수 있으니. 1번 성좌의 자리, 보물인 것은 틀림없다.

지킬 수 없는 자에게 보물은 사치지만 그에게는 그 보물을 지킬 힘이 있었다. 오히려 그 보물을 통해 사람들을 더욱 집결시킬 수 있다. 보물이란 그런 거다. 적어도 그는 그렇게 생각했다.

강무석은 자신의 입장을 공식적으로 밝혔다.


-1번 성좌로서의 책임과 의무를 가지고, 추후 나타날 절대악을 상대하겠습니다.


그는 자신이 넘쳤다.


-절대악이 그 누가 됐든 저와 신성의 칼날 아래 무릎을 꿇을 것입니다.


강무석은 스크린샷을 공개했다. 그의 클래스는 '성좌—홍염의 검투사'였다. 34세의 젊은 나이로 무려 레벨 55를 돌파했다. 히든 클래스임을 감안하더라도 엄청나게 빠른 속도의 레벨업이었다.

루니아 대륙, 카고누스 산맥에 그 1번 성좌가 모습을 드러냈다. 수많은 원정대와 함께였다. 그 원정대에는 이베도 포함되어 있었다.

이베가 고개를 갸웃했다.

"이 근처에서 흔적이 사라졌다는데."

역시 대연합 신성은 달랐다. 강무석이 움직이자마자 최상위급 트레져 헌터들을 붙여줬다. 그들은 흔적을 찾는 것에 특화되어 있는 이들이다.

이베는 주위를 둘러봤다. 최소 수백 명 이상의 플레이어들이 보였다. 아마 곳곳에 뿔뿔이 흩어져서 람타디안을 찾고 있는 플레이어들까지 치면 거의 천 단위에 달할 것이라고 생각하는 중이다.

'찾기만 해봐라.'

반드시 '감소 주머니'를 돌려받고 척살하고 말리라.

그때 절벽에서 뭔가 반응이 있었다. 절벽 한 곳이 일렁거렸다.

일렁거리는 가운데 누군가가 모습을 드러냈다. 풀카오였다. 1번 성좌인 강무석도 그를 발견했다. 그가 씩 웃었다.

오늘이 바로 1번 성좌의 화려한 데뷔 무대가 될 것이라 믿어 의심치 않았다.

8장
첫 번째 격돌

한주혁에게 알림이 들려왔다.


-진 파천심공이 활성화됩니다.

-진 파천심공의 효과로 H/P 회복 속도가 30% 증가합니다.

-진 파천심공의 효과로 M/P 회복 속도가 30% 증가합니다.

-진 파천심공의 효과로 모든 스킬의 쿨타임이 30% 감소합니다.

-진 파천심공의 효과로 공격 속도가 30% 증가합니다.

-진 파천심공의 효과로 H/P 절대량이 30% 증가합니다.

-진 파천심공의 효과로 M/P 절대량이 30% 증가합니다.

-진 파천심공의 효과로 모든 스탯이 30% 증가합니다.


원래 파천심공의 효과보다 10퍼센트의 증가 폭이다.

'스탯이 또 올랐어?'

스탯 70~80 구간만 해도 1 스탯을 올리려면 스탯 포인트 5개가 필요하다. 하물며 현재 한주혁의 스탯은 100을 초과한 상태. 단순 계산으로는 스탯 1을 올리기 위해서는 무려 8개의 스탯 포인트가 필요한 셈이다. 그런데 진 파천심공의 부가 효과로 모든 스탯이 30퍼센트 증가하는 기염을 토했다. 한주혁의 기본 스탯은 행운을 제외하고 모두 99에 이른다. 그에 따라 30퍼센트 추가 스탯이 붙으면 약 30 스탯 포인트가 오른다. 시스템상으로는 29가 적용되어 추가됐다.

'100 초과 시 스탯 1당 스탯 포인트 8개가 필요하다고 대충 계산하면…….'

30 스탯을 올리려면 무려 240개의 스탯 포인트가 필요하다는 뜻이다. 말이 240개의 스탯 포인트지, 레벨로 치면 스탯 하나당 120 레벨업을 해야 한다는 소리다.

'근데 모든 스탯이 다 그렇게 적용됐으니까.'

그냥 쉽게 쉽게, 아주 대충, 최소한으로 계산하면 약 480 레벨업 정도를 한 것과 비슷한 효과를 내고 있다는 거다. 단순히 보너스 스탯 20개를 투자해서 파천심공을 진 파천심공으로 업그레이드했을 뿐인데.

〈스탯창〉

　(1) 힘: 99(+29)

(2) 민첩: 99(+29)

(3) 체력: 99(+29)

(4) 지능: 99(+29)

(5) 행운: −99(+29)

(6) H/P: 990/990(+290+297)

(7) M/P: 990/990(+290+297)

(8) 활성 스탯

　−카리스마: 10

　−절대악 포인트: 3

　한주혁은 어이가 없어서 피식 웃고 말았다. 이 정도면 제아무리 레벨 역보정이 있다고 해도 레벨 80대 플레이어와 싸워도 지지 않을 것 같은 느낌이 든다.

　'고레벨이 될수록 스탯보다는 아이템과 컨트롤 능력에 크게 좌우되긴 하지만…….'

　그건 확실하다. 고레벨이 되면 될수록 스탯의 의미는 점점 퇴색한다. 고레벨은 단순 스탯보다는 상대와의 상성, 컨트롤 능력 그리고 아이템 등이 더 중요하다. 또한 '스텝업'의 경우 단순 스탯과는 별개로 플레이어를 강력하게 만들어준다.

　한주혁은 아직 레벨 50에 불과하고 따라서 그 이상 스텝업을 거친 초고수들과의 결투는 어떻게 될지 모른다는 소리다. 현재 한주혁에게는 제대로 된 아이템도 없고 말이다.

한세아가 물었다.

"오빠, 왜 그래?"

"어. 스탯이 좀 올랐어."

그 말에 한세아보다 천세송이 더 좋아했다.

"우와. 아저씨 스탯이 또 올랐어요? 원래 엄청 높았잖아요."

"어. 스탯이 10 정도 더 올랐네."

"진짜요? 아저씨 정도 스탯이 되면…… 스탯 1 올리기도 되게 힘들다던데."

그녀는 열심히 떠올렸다. 그래도 올림푸스 매니아에서 취득한 정보들이 좀 있다. 그런데 저 아저씨, 스탯이 어느 정도 되는거지? 음. 레벨은 50이니까. 근데 엄청 센 히든 클래스니까. 스탯 보정을 많이 받았겠지? 그럼 대충 이 정도가 되지 않을까?

천세송은 누구나가 다 아는 사실을 자랑스럽게 얘기했다.

"스탯 한 70쯤 되면 스탯 1 올리는 데 5개 필요해요."

"그렇지."

"그럼 아저씨는 이제 스탯 한 80 정도씩 되는 거예요?"

한세아는 친한 동생. 천세송을 물끄러미 쳐다봤다.

'아니야, 세송아. 저 오빠는 사기야. 상식적으로 생각하면 안 되는 클래스라고.'

그래, 전 세계와 싸워야 하는 절대악이라면 저 정도는 되어야지. 오빠의 진짜 스탯을 알고 있는 한세아는 피식 웃었다. 한세아와 한주혁의 반응을 본 천세송은 고개를 갸웃했다.

"설마 80 넘어요?"

한주혁과 한세아가 고개를 끄덕였다.

"헐! 쩐다. 그럼 90도 넘어요?"

한주혁이 뭐라 대답하기도 전에 천세송은 뭔가를 떠올렸다.

"올림푸스 매니아에서 봤는데요, 스탯 90 넘는 사람은 알려진 바로는 없다던데. 진짜 초초초고수들도 스탯 90 안 넘는다고 들은 거 같아요. 한 스탯 90 맞추느니 그 스탯으로 다른 거 올리는 게 더 낫다고."

그래, 아무리 그래도 레벨 50에 스탯 90을 넘을 수는 없지. 천세송은 아주 오랜만에 지극히 정상적으로 생각했다. 그 지극히 정상적이고 상식적인 생각을 한주혁은 어김없이 깨부쉈다.

"90도 넘는데."

"말도 안 돼!"

한주혁은 피식 웃고 말았다. 자기도 사기 클래스면서 다른 사기 클래스 보면서 저렇게 놀라고 있는 모양새가 나름 귀여웠다. 저렇게 보고 있으면 10대다운 상큼한 기운이 폴폴 풍겨 나오는 거 같기도 하다. 얼굴이 예쁜 것과는 상관없다. 지금 천세송은 얼굴을 못생기게 만든 상태니까. 외모와는 상관없이 그냥 조금 귀엽다는 느낌이 들었다.

"진짜요? 거짓말하는 거 아니죠?"

한세아가 정리해 줬다.

"원래 저 오빠 4대 스탯이 전부 거의 100이었거든. 저번에

20씩 올랐다고 했는데. 이번에 10씩 더 올랐으니까 이제 한 130쯤 되겠네."

"우와! 절대악 아저씨. 진짜 대박이었네요. 진짜 나 책임질 수 있겠네요."

그와 동시에 알림이 이어졌다.

─'켈트의 유산'이 클리어되었습니다.

─'켈트의 유산' 탈출 조건을 만족하였습니다.

─'켈트의 유산'을 탈출합니다.

─'켈트의 유산'이 '세월의 절벽'으로 전환됩니다.

─'세월의 절벽' 클리어 조건을 만족하였습니다.

─'세월의 절벽' 밖으로 이동합니다.

절벽 한가운데에 일렁거림이 발생했다. 그리고 세 사람이 밖으로 나왔을 때 그들은 수많은 사람을 발견할 수 있었다.

누군가 크게 외쳤다.

"람타디안이다!"

올림푸스 매니아에서 돌고 있는 스샷(스크린샷)과 NPC들이 실제로 나눠주는 수배지와는 얼굴이 많이 다르다. 어쩐 일인지 저놈은 람타디안과는 다르게 생겼는데 람타디안이라고 불리고 있다. NPC들은 그렇게 인식하고 있는 모양이었다.

"어디?"

"저기! 절벽 위!"

한주혁은 떨어져 내리기 시작했다.

"꼬꼬, 날아."

꼬꼬가 한주혁과 한세아 그리고 천세송을 등에 태웠다. 하늘 위에서 한주혁은 아래를 내려다봤다.

'람타디안 퀘스트가 한창 진행 중이었지.'

꽤 많은 플레이어가 보였다. 실력 있는 현상금 사냥꾼들이 이쪽으로 몰려든 모양이었다.

'여전히 나를 람타디안으로 생각하고 있고.'

플레이어들에게는 자신이 진짜 람타디안이든 아니든 중요하지 않다. 그냥 잡기만 하면 된다.

"오빠, 어떡해? 그냥 이대로 도망치는 게 낫지 않겠어?"

그때, 누군가가 하늘 높이 날아올랐다.

"반갑다, 람타디안."

굉장히 높은 곳이었는데 단 한 번의 도약으로 뛰어올랐다. 단순히 뛰어오른 것이 아니라 공중에 땅이라도 있는 것처럼 자유롭게 뛰어올랐다. 특수한 아이템 혹은 스킬을 익힌 것 같았다.

"미안하지만 잡혀줘야겠어."

땅 밑. 수많은 플레이어가 그 광경을 '영상 기록 스톤'에 담기 시작했다. 그리고 그것은 실시간으로 전파를 타고 올림푸스 매니아에 생중계됐다.


　-대박 사건. 1번 성좌가 스킬 사용함.

　-방금 봤음? 하늘을 막 날아다님. ㅇㅇ. 저게 홍염의 검투사 기본 스킬이라 함.

　-공중을 활용할 수 있는 만큼, 스킬 구사 범위와 전략도 엄청나게 다양하게 사용할 수 있는 거지.

　-1번 성좌 닉네임도 강무석이라 함. 실명과 닉네임을 똑같이 쓰는 패기.

　-강무석이라면 그래도 됨.


　강무석. 글로벌 대연합 신성의 직계 아닌가. 안 그래도 히든 클래스였고 거기에 더해 신성의 전폭적인 지원을 받으며 미래를 이끌 차세대 주역으로 소문이 난 상태. 거기서 그치지 않고 '1번 성좌-홍염의 검투사' 클래스를 따냄으로써 30대 한국인 중 당당히 랭킹 1위를 차지하고 있는 그다. 당연히 모든 관심이 그에게 쏠렸다.


　-람타디안도 이제 끝났네.

　-저기 함께 있는 플레이어들 전부 퀘스트 공유한 상태고, 모두 스텝업 포인트 하나는 따 놓은 당상이라고 함.

강무석은 씨익 웃었다. 이런 상황. 매우 좋다. 모든 스포트라이트가 자신에게 쏟아지고 있다. 이 상황에서 람타디안을 깨끗하게 처리하는 모습을 보이면 세력을 끌어모으기 훨씬 쉽겠지.

글로벌 대연합 신성을 명실공히 세계 최강의 대연합으로 만들고 싶은 욕심이 그에게 있었다. 이것은 그 길의 첫 단추가 될 것이다. 너무 쉽게 끝내면 안 된다. 대중들에게 강력한 임펙트를 남겨줘야 한다. 그것은 곧 미화되어 전 세계에 퍼지겠지.

'퀘스트도 중요하지만…… 나중을 위해서라도. 지금의 이 작업은 반드시 필요하다.'

아마 대륙 어딘가에 '절대악'이라는 놈이 크고 있을 거다. 그놈이 누구인지는 모르겠고 또 언제 어디서 나타날지도 모르겠다만 그래도 언젠가는 그놈과 부딪칠 터. 그때까지 플레이어들은 물론이고 NPC들도 이쪽에 호감을 갖게 만드는 작업을 할 생각이다.

그가 화려한 이펙트를 뿜어냈다.

"불꽃의 검격."

강무석이 검을 휘둘렀다. 그 검에서 붉은 불꽃이 넘실거리고 있었다. 그 불꽃이 꼬꼬의 날개에 닿았다.

키이익!

난데없이 봉변을 당한 카리아는 분노했다.

키에에에에엑!

정말 뜨거웠다. 깃털이 전부 타들어 가는 느낌이었다.

꼬꼬는 열 받았다. 한주혁에게 알림이 들려왔다.

–스킬. 발톱 낚아채기를 사용합니다.

한주혁의 펫, 꼬꼬가 공중에 떠 있는 상태의 강무석을 낚아
챘다. 그리고 냅다 절벽을 향해 던졌다. 워낙 순식간에 벌어
진 일이라, 강무석도 제대로 반응하지 못했다. 강무석은 볼썽
사납게 날아가 절벽에 부딪혔다.

"컥."

저 펫이라 짐작되는 커다란 새가 공격 수단을 갖고 있을 줄
은 몰랐다. H/P에는 별 지장 없지만 체면을 구기고 말았다.

–스킬. 몸통박치기를 사용합니다.

그리고 이어지는 꼬꼬의 몸통박치기. 비록 한주혁 앞에서
는 눈물을 흘려대는 닭이지만 그래도 SS등급, 레벨 73의 강력
한 펫이다. 밑에서 구경하던 플레이어들은 이 황당한 사건을
믿을 수 없었다.

꼬꼬는 몸통박치기를 사용한 후 공중에 뜬 상태로 강무석
의 머리를 사정없이 부리로 쪼았다.

–지금 무슨 일이 벌어진 거임?

-1번 성좌 날아가고 몸통으로 부딪치는 스킬에 얻어맞았어.

-저거 펫 아님? 펫한테 얻어맞은 거?

-펫한테 맞았는데 H/P 떨어지고 있는데?


강무석은 인상을 잔뜩 찡그렸다. 능력치를 보아하니 레벨 70대의 몬스터인 것 같다. 상당히 강력했다. 그렇다고 못 잡을 정도는 아니었다. 그는 1번 성좌이고 신성에서 지원받은 온갖 아이템으로 도배한 상태니까.


-그래도 보면 H/P 빠지면 빠지는 대로 거의 회복하네.

-저 정도면 금방 풀피 될 듯.


H/P에 손상이 있기는 했으나 금방 다시 차올랐다. 레벨 70대 펫의 한 방 공격으로는 레벨 50대 히든 클래스. 그것도 1번 성좌에게는 큰 타격을 주기 힘든 모양이었다. 저 부리 때문에 머리가 굉장히 따끔거리긴 했지만. 이때까지 강무석은 그저 따끔거린다고만 생각했다. 레벨 70대. SS등급 펫의 위력을 좀 얕잡아 본 거다.


한편 한주혁은 1번 성좌를 위시한 플레이어들과 정면 대결을 하기로 마음먹었다.

'어차피 이렇게 된 거.'

적어도 레벨 80대 이상의 플레이어들이 떼거리로 몰려오지 않는 이상. 그에게 위협이 될 일은 없어 보인다. 여기서 절대악이라는 것을 밝힐 필요는 없지만 그렇다고 무리하게 도망칠 이유도 없다.

'나는 절대악이니까.'

그래도 나름 착한 절대악이다.

"먼저 안 치면 안 친다."

강무석은 그게 기분이 나빴다. 먼저 안 치면 안 친다? 뭐랄까. 강자가 약자에게 하는 말 같다. 그는 여태까지 약자였던 적이 단 한 번도 없다. 이베에게 귓말을 보냈다.

─형, 짜증 나는데 애 그냥 죽인다.

이베와 약속했다. 원래는 이놈을 산 채로 넘겨주겠다고.

─어, 어?

이베는 당황했다. 저러면 안 된다. 주머니를 어떻게든 돌려받아야 하는데. 하지만 강무석의 말에 이베는 말을 이을 수 없었다.

─이건 통보야. 알겠어?

─아, 알았어.

언제나 강자는 강무석이었다. 이베는 그러한 강무석에게 감히 대들지 못했다.

그래, 이게 정상이지. 엘진의 팀장이라 할지라도 내가 한마디 하면 대들지 못하는 게 정상이지. 내 앞에서 여유로우면 안 되는 거잖아. 강무석은 그렇게 생각했다.

'감히 내 앞에서 여유로운 척을 해?'

마치 강자처럼 행동하는 저놈에게 진정한 강함이 무엇인지 알려줘야 할 필요가 있었다. 지금은 그래야 할 때고. 생각보다 '1번 성좌의 능력'을 더 빨리 꺼내게 된 것 같지만 아무렴 어떠랴. 언젠가 힘을 드러낼 생각이었다.

강무석이 걸음을 옮겼다.

"그 말. 굉장히 오만하군."

그리고 다분히 좌중을 의식하며 말했다. 영상이 찍히고 있을 거고 이 영상은 제국의 NPC들도 보게 될 테니까.

"너 같은 피라미가 아닌 절대악을 상대하기 위해 단련된 1번 성좌의 힘을 톡톡히 보여 주마."

닭 잡는 데 소 잡는 칼을 쓸 필요는 없다. 강무석은 그렇게 생각했다. 람타디안이라는 잔챙이 하나를 잡는 데 신성의 역량을 총동원할 필요도 없다. 오히려 그건 자신에게 역효과였다. 지금 활약해야 하는 건 '1번 성좌 강무석'이지 '신성의 이사 강무석'이 아니니까.

플레이어들도 왜 강무석이 저런, 애니메이션에서나 나올 법한 대사를 읊고 있는 건지 충분히 이해했다. 저런 대사는 다분히 NPC들을 노린 대사다. NPC들에게 이제 1번 성좌의 힘을 보여 주려고 하는 것 같다.

-우와. 강무석이 진심 된 거 같은데?

-대박이다. 히든 클래스 중에서도 히든 클래스잖아.

-심지어 온갖 최상급 아이템으로 떡칠한 히든 클래스지.


강무석의 검에서 불꽃이 활활 타올랐다. 한주혁은 그 불꽃을 보면서 딱히 큰 위기감을 느끼지 못했다.

'나도 참 많이 변했네.'

백수 생활 전전할 때는 언제고 눈앞에 대연합 신성의 이사가 서 있는데도 별로 위축되지 않았다.

'강무석. 자존심 엄청 센 놈이라 들었는데.'

다만 문제가 있다면 강무석을 죽일 경우. 앞으로 신성과의 관계가 껄끄러워질 수 있다는 거다. 다른 곳은 몰라도 신성이다. 글로벌 대연합. 잘못 걸리면 무한 척살을 당할 수도 있다.

'어차피 해킹은 못 해.'

여태까지 수많은 해커가 올림푸스를 해킹하려고 시도했지만 1차 방화벽조차도 뚫은 적이 없다. 잊혀진 문명의 잔재인 제우스는 막강한 보안을 자랑했다. 그 누구도 '아서'가 '한주혁'임을 알 수 없다. 현실 세계에서 그에게 위협을 가할 수 있는 사람은 없다는 뜻이다.

'여기서도 마찬가지지.'

지금 당장은 아닐지 몰라도, 언젠가는 신성과 부딪치게 되어 있다. 그래서 마음먹었다. 이왕 절대악이 된 거, 도망치지 않겠다고.

한주혁이 파티 채팅을 활성화시켰다.

-너희는 어차피 나랑 같이 나타났기 때문에 동료로 인식될 거야.

-그럼 우리도 같이 싸워?

-아니. 그냥 가만히 있어.

-왜?

한세아는 별로 두렵지 않았다. 숫자로만 보면 좀 두렵지만, 자신의 옆에는 천세송이 있지 않은가. 데스나이트라는 엄청 강력한 언데드 900마리가 함께한다. 1번 성좌? 그래. 대단한 거 인정. 근데 그녀 자신도 7번 성좌다. 게다가 오빠는 절대악이다. 7명의 성좌가 힘을 합쳐서 대적해야 하는 게 절대악, 우리 오빤데. 어딜 까불어?

-그냥 우리도 싸울게. 우리가 도우면 훨씬 쉽게 이길 거 같은데.

-얼굴이야 폴리모프 스톤으로 바꾼다 쳐도, 캐릭터 특유의 분위기나 행동양식, 사소한 습관, 스킬 사용법, 공격 행태 등은 못 바꿔. 특히나 너는 7번 성좌고, 다른 성좌들이랑 공동행동을 해야 할 때가 분명히 있을 텐데 정체 노출시키고 싶어?

얼굴은 별로 안 중요하다. 바꾸면 그만이다. 그러나 스킬을 사용하거나 움직이면 그걸 토대로 추적하는 전문 사냥꾼들에게 정체를 들킬 가능성이 있다. 천세송은 몰라도 한세아는 그러면 안 됐다.

―그리고 쟤네 약하다.

한주혁이 피식 웃었다. 1번 성좌. 얼마나 강력한지 한번 보자고.

강무석의 불꽃이 세차게 타올랐다. 지금 혼자서 대치하고 있는 상황이라 스킬명을 말할 필요 없는데 굳이 얘기했다.

"플레어 아머."

그의 몸도 불꽃에 휩싸였다. 아무래도 루펜달이 사용하는 방어 계열 마법과 비슷한 것인 듯했다.

강무석이 말했다.

"흑마법사라 하지 않았나?"

흑마법은 두 가지 속성의 마법에 굉장히 취약한 모습을 보인다. 하나는 신성 속성이고 또 하나는 불 속성이다. 흑마법 말고도 굉장히 이상한 힘을 사용한다고는 했는데 아무런 상관없었다.

그가 지면을 박찼다.

"라피드 스텝."

그의 몸이 잔상을 남기며 사라졌다. 그가 움직인 곳에 가벼운 불꽃이 일었다. 과연, 홍염의 검투사다운 화려한 이펙트였다. 플레이어 중 몇몇은 그의 움직임을 놓쳤다.

―와 대박. 저렇게 빠른 접근 스킬은 처음 본다.

―람타디안 흑마법사라 했는데, 거리 내주면 끝 아님?

모두가 그렇게 생각했다. 정확한 정보는 아니지만, 어쨌든 올림푸스 매니아에서 람타디안은 흑마법사라고 소개되었으니까.

둘 사이의 거리가 좁혀졌다.

"불 폭풍."

강무석은 일부러 광역기를 사용했다. 불꽃이 휘몰아쳤다. 붉은 불꽃으로 이루어진 폭풍이 휘몰아치며, 뜨거운 불길이 한주혁을 집어삼킬 듯 불타올랐다. 한주혁도 가만히 있지 않았다.

'평범하지 않은 강력한 주먹.'

불 폭풍과 평범하지 않은 강력한 주먹의 격돌인 셈이다.

데미지 감소율은 50퍼센트로 설정했다. 최고급 아이템으로 무장하고 있는 50대 레벨, 히든 클래스. 한 방에 죽지는 않을 거라 확신했다. 두 번째 스킬 연계를 준비하던 강무석은 깜짝 놀랐다.


─수호의 목걸이가 발동합니다.
─수호의 목걸이 특수 스킬 '정령의 수호'가 발동합니다.
─플레어 아머가 깨졌습니다.


그리고 H/P가 10퍼센트가량 떨어져 내렸다.


─레피탄 펜던트가 주인을 치료합니다.
─붉은 불꽃의 손길이 홍염의 마도사를 치유하기 원합니다.

―가르시안 링이 주인을 위한 강력한 결계를 형성합니다.

　강무석의 몸에서 붉은 불꽃이 계속해서 뿜어져 나왔다. 그 불씨가 사방으로 날렸다. 온갖 아이템들의 특수 보정이 강무석의 몸을 보호하며 번쩍거렸다.

　"제법이군."

　아이템들의 특수 효과가 발동했고 보호마법인 플레어 아머도 깨졌다. H/P까지 10퍼센트 정도 떨어졌다. 레피탄 펜던트의 H/P 회복 속도 50퍼센트 증가와 '붉은 불꽃의 손길'의 H/P 회복 속도 30퍼센트 증가 능력이 더해져서 엄청난 속도로 H/P가 차오르긴 했지만.

　'쉽게 볼 놈이 아니다.'

　한주혁도 생각했다.

　'오. 나름 선방했네?'

　지금 이 싸움은 중요한 싸움이다. 상대는 1번 성좌다. 계속해서 부딪쳐야 할 상대. 50대 레벨이며, 50대 레벨에서 사용할 수 있는 최고급의 아이템으로 떡칠을 한 상대다. 강무석 정도면 다른 성좌들과 비슷하거나 그보다 강할 거라는 생각이 든다.

　'현재 내 스탯으로 싸우면 그리 어렵지는 않겠네.'

　새삼스레 '절대악'의 사기적인 능력을 실감했다.

　'스킬 몇 개만 더 꺼내 들면 좋을 텐데.'

　저 정도 클래스가 되면 필살기를 하나쯤은 가지고 있을 거다. 그 누구에게도 공개하지 않는. 아주 중요한 순간에, 위급한 순간에 사용하는 그런 스킬 말이다.

한주혁이 도발했다.

"1번 성좌가 겨우 그 정도냐? 대연합 신성의 이사라더니. 별 볼 일 없네."

"……뭐라고?"

"그래 봐야 재벌 3세 아니냐? 네 스스로의 힘으로 이룬 게 뭐가 있지? 태어나면서부터 금수저를 물고 태어나서 남들은 받아보지도 못한 최상급 과외에 수많은 아이템과 포션 공급에, 스텝업 퀘스트도 연합에서 떠다 바치지. 네가 과연 재벌 3세가 아니었다면 지금 그 자리에 있을 수나 있겠냐?"

한주혁은 재벌 3세에게 큰 유감은 없다. 그냥 나랑은 다른 세계의 사람이구나. 그렇게 생각할 뿐이다. 하지만 그의 도발은 정확하게 먹혀들었다.

강무석의 몸에서 불꽃이 더욱 크게 일었다. 이번에는 스킬명을 말하지 않았다.

'폭주하는 불꽃.'

그의 불꽃이 세월의 절벽을 집어삼킬 듯 크게 불타올랐다.

"튀, 튀어!"

주변에서 구경하던 플레이어들은 그 불 폭풍에 저항하지 못하고 한참을 뒤로 물러서야 했다. 강무석과 한주혁의 신형조차도 그 뜨거운 불 폭풍에 갇혀 보이지 않았다.

강무석의 H/P가 계속해서 떨어져 내렸다. 한주혁은 강무석의 상태를 알아차렸다.

'일종의 버서커 모드인 거 같네.'

H/P를 소진하는 대신 강력한 힘을 발휘하게 해주는 것 같다.

'한번 시험이나 해보자.'

뜨거운 불길 속. 아무도 보지 못하는 그 시뻘건 홍염 속에서 둘의 전투가 펼쳐졌다. 한 명은 죽기 살기로 덤볐고 한 명은 정보를 얻으려고 싸우는 시늉만 했다.

신성의 이사. 강무석이 사무실에 앉아 얘기했다.

"언론 통제하세요. 이 사실이 최대한 알려지지 않도록."

강무석을 보조하는 수행 비서 구찬성은 알겠다고 대답했다. 그런데 일이 쉽지가 않다. 올림푸스 매니아를 통해 이미 영상이 일파만파 퍼지고 있는 상태. 그것까지 일일이 잡지는 못한다.

"최소한…… 이사님께서 사망하시는 장면은 유포되지 않도록 하겠습니다."

불길 때문에 람타디안과 강무석이 직접 싸우는 광경을 누구도 보지 못한 것 같기는 하다만. 그래도 조심해서 나쁠 것은 없었다. 불길이 꺼지고 그 자리에는 아무도 없었다. 람타디안도 강무석도.

그래서 의견이 분분했다. 누가 이겼느니 누가 졌느니. 사실상 강무석의 패배 혹은 같이 죽었다고 예상하는 것이 가장 많은 의견이었으나 어쨌든 강무석의 시체는 발견되지 않았으니 물증은 없는 셈이다.

"사망이요?"

"……."

구찬성은 차렷 자세를 취했다. 아무래도 저 젊은 이사가 또 화가 난 것 같다.

"아. 나는 사망한 게 아니에요. 잠깐 쉬려고 로그아웃을 했을 뿐이지."

"……맞습니다."

"그런데 나를 왜 죽은 사람 취급하죠?"

강무석은 고개를 돌렸다. 목에서 우드득 소리가 났다. 구찬성은 고개를 숙였다. 입술을 꽉 깨물었다. 아. 또 발작이다.

"산 사람을 죽은 사람 취급하면 되겠어요?"

강무석이 가까이 다가왔다.

"죄송합니다."

그와 동시에 구찬성의 목이 옆으로 돌아갔다. 뺨을 얻어맞았다. 이젠 새롭지도 않다.

"죄송하면 혼이 나야겠죠."

"맞습니다."

"엎드리세요."

구찬성은 그 자리에서 엎드렸다. 강무석이 나무로 만든 야구 배트로 구찬성의 엉덩이를 사정없이 때렸다. 구찬성은 이를 악물고 신음을 참았다. 엉덩이가 터질 것 같았다.

괜찮아. 참자, 참아야 해.

집에는 자기만을 바라보는 예쁜 딸내미와 곰 같은 마누라가 있다.

'12대 맞았으니까…….'

한 대당 300만 원. 그러니까 대충 3천 600만 원 정도가 생기는 거다.

"으으……."

그는 일어서지 못했다. 야구 방망이로 맞은 12대. 엉덩이뼈가 작살 난 것 같은 기분이 들었다.

"그러니까 말조심을 해야죠. 수행 비서가 입을 그렇게 함부로 놀리면 되겠어요?"

강무석이 쪼그려 앉아 쓰러진 상태의 구찬성의 턱을 들어 올렸다. 분이 풀리지 않는지 주먹으로 구찬성의 얼굴을 한 대 치고선 그의 얼굴에 침을 뱉었다.

"너희 버러지 같은 사회 하층민들은 말이죠."

강무석이 책상을 열었다. 그 안에는 5만 원권 다발이 들어 있었다.

"이거면 다 만사 오케이잖아요. 맞죠?"

쓰러진 구찬성 앞에 돈을 떨어뜨렸다.

"이 사회는 지배계급과 피지배계급이 정확하게 나누어져 있어요. 못 가지고, 못 배운 사람들은 그걸 금수저와 흙수저라고 부르지만 나는 달라요."

분명한 힘의 격차. 능력의 격차가 있다. 고위 플레이어들이 없으면 이 세상은 굴러가지 않는다. 이 세계의 문명을 이끌어가는 자원과 몬스터 스톤. 상위급 플레이어들과 대연합이 없다면 구할 수 없다.

"수십 년 내로 이 세계는 재편될 거예요. 귀족과 노예로. 우리 귀족들이 노예들을 너무 많이 봐주고 있죠. 자유와 평등이라는 허울 좋은 명분으로. 무려 200년간 말이에요."

강무석이 자리에서 일어섰다. 구찬성의 머리를 밟고서 지그시 눌렀다.

"너희 흙수저들은 곧 노예가 될 겁니다. 힘이 있는 자가 힘없는 자를 배려하는 시대는 내 세대에서 끝낼 거니까."

한편 한주혁은 꼬꼬를 타고서 스카이데블의 은신처로 향했다.

"와! 좋네."

엄청나게 높이 날았다.

키에엑!

나는 주인님의 펫이다!

'과거 나는 제왕이다!'를 외치며 창공을 누비던 카리아는 이제 명실공히 펫이 되었다.

카리아는 보았다. 그 뜨거운 불길을 쏟아 내는 미친놈을, 주먹으로 제압하는 미친 광경을. 저 주먹에 얻어맞아봐서 안다. 저 주먹 장난 아니다. 맞으면 죽을 거 같다.

키에엑!

나는 말 잘 듣는 꼬꼬다!

불길을 뿜어대던 그 뜨거운 녀석은 주인님의 인정사정없는 주먹에 검은 잿더미가 되어 버렸다. 1번 성좌인지 뭔지. 그러니까 왜 까부냐.

꼬꼬는 생각했다.

키엑!

나보다 약한 놈이.

한참의 시간이 흘러 꼬꼬가 바다를 건넜다. 중간중간 배고플 때마다 주인님이 골드를 줬다. 이런 비행이라면 백 년도 할 수 있을 것 같았다.

스카이데블의 은신처에 도착했을 때 한주혁은 새로운 상황을 맞이해야만 했다.

한주혁이 말했다.

"……그런 상황이군."

# 9장
## 진짜 펑타

올림푸스에는 수많은 나라가 있고 위치에 따라 계절도 가진다. '스카이데블의 은신처'라는 지명을 가진 그곳은 4계절이 뚜렷한 곳이었다. 더 정확히 말하자면 여름에는 극단적으로 덥고 겨울에는 극단적으로 추운 곳.

제4장로 시르티안이 두꺼운 종이 뭉치를 가져왔다.

"사업 보고서입니다."

사업 보고서. 별거 아니다. 추운 겨울을 버티기 위한 생존 전략…… 이라는 거창한 문구로 시작하는 그것은 결국.

"……그리하여 약 8억 골드가 필요합니다."

"……그래."

괜찮다. 살막의 수장, 제2장로 요르한이 30년간 열심히 모아놓은 40억이 있지 않은가. 정말 시국을 다투는 급한 상황에서는 살막의 비상금이라 할 수 있는 20억 골드도 쓸 수 있고. 60억이 있는데 8억이 무슨 대수랴.

'8억이라.'

개인 방한 용품을 구입해야 한단다. 이곳의 겨울은 지구로 치면 북극 수준으로 어지간한 방한복 가지고는 턱도 없단다. 그렇다면 한주혁이 도착하기 전에는 어떻게 살았느냐 하는 의문이 남는데, 별로 의미 없는 의문이었다.

어쩌면 '절대악'이라는 것이 생성되면서 이 '스카이데블의 은신처'라는 설정이 생겨났을지도 모를 일이니까. 이곳은 게임 속 세상이며, NPC는 사람이 아니다. 제우스의 설정은 사람이 접근할 수 없는 영역의 것이다.

'방한복.'

그리고 난로.

'난로를 피울 몬스터 스톤.'

방한복만 해도 하나에 60만 골드가 필요하다. 지구에서도 굉장히 두꺼운, 아주아주 따뜻한 옷을 살 수 있는 돈이다.

"60만 골드짜리가 1번 안이고. 2번 안은?"

"1번 안은 가격이 싸지만 마법 기능이 전혀 없는 방한복입니다. 2번 안은 가격이 다소 부담될 수 있는 마법 기능이 미량 포함된 방한복입니다."

가격 차이는 약 30만 골드. 마법 온열 기능이 포함된 방한복은 한 벌에 무려 90만 골드 정도 한다.

'90만 골드면…….'

스카이데블의 인구수가 약 800명 정도. 그것만 해도 7억 2천 골드가 들어간다. 한주혁을 주먹을 꽉 쥐었다.

'아끼지 말자.'

어차피 이건 다 투자다. 요르한이 남긴 40억도 원래 내 돈이 아니었다 생각하면 맘 편하다.

"2번 안으로 간다."

"주, 주군이시여……!"

제4장로 시르티안은 무릎을 꿇었다.

"주군께서 백성들을 이토록 사랑하시는 것을 널리 알리도록 하겠습니다!"

알림이 들려왔다.

─제4장로 시르티안이 감복합니다!

─충성심이 깊어집니다!

그렇게 방한 도구들을 조금씩 손봤더니 '추운 겨울을 버티기 위한 생존 전략' 사업비가 8억 골드에서 14억 골드로 뻥튀기됐다.

한주혁의 손이 덜덜 떨렸다. 그는 절대악이 되었지만 씀씀이는 아직 절대악답지 못했다. 그 스스로 아직 1억, 아니, 천만 원 넘는 돈을 써본 적도 없다. 소시민의 때를 벗지 못했다.

시르티안이 안경을 고쳐 썼다.

"그리고 저번에 말씀하셨던 주거 사업비 말입니다."

한주혁은 모든 장로 중에서 시르티안이 제일 무서웠다. 굉장히 공손하고 조심스레 말하는데 그래서 더 무섭다. 저 입에서 얼마가 필요합니다. 이런 얘기가 나올까 봐.

"총 사업비 규모가 곧 확정될 것 같습니다."

한주혁이 고개를 끄덕였다.

"그대로 진행해."

방한 용품만 사도 10억 넘는 골드가 그냥 홀라당 날아간다. 그런데 집을 만들고 도시를 새로 만든다? 10억은커녕 100억으로도 모자랄 거다.

'괜찮아.'

그는 아직 레벨 50밖에 되지 않는다. 스킬도 겨우 파천심공 하나랑 백참격 하나 익혔다.

'레벨 50이니까.'

그럼 이제 사냥터 제한이 풀린다. 몇몇 던전을 제외하면 거의 대부분의 사냥터를 혼자서 다닐 수 있다는 소리다.

'레드 스톤 하나에 5억.'

레드 스톤보다 더 상급의 블랙 스톤은 하나에 500억씩 한다. 물론 블랙 스톤은 200년간 겨우 3개가 발견되었을 정도로 매우 희귀한 것이긴 했지만.

한주혁은 마음에도 없는 소리를 잘도 했다.

"네가 있어서 마음이 놓인다, 시르티안."

"과찬이십니다!"

시르티안은 충성을 다하겠다며 무릎을 꿇었다. 거의 움막에 가까운 그의 집무실을 나서자 스카이데블의 백성들이 눈물을 흘리며 만세를 외치고 있었다.

"절대자시여!"

"우리를 구원할 절대자시여! 당신의 이름을 높입니다!"

한주혁은 절대자답게 손을 들어 올려 여유로운 미소를 보여주었다.


―스카이데블 주민들의 충성도가 깊어집니다!

―스카이데블에 대한 지배력이 더욱 높아집니다!


살막을 이끌고 있는 제2장로 요르한이 제3장로 렉서를 만났다. 렉서가 어깨를 으쓱했다.

"네가 날 먼저 보자고 하다니. 의외인데."

"상황이 상황이니까."

"절대자에 관한 얘기를 하러 온 건가?"

"그분에게서 파천심공의 기운을 느꼈다. 그 정도면 우리의 주군이 될 최소한의 자격은 갖춘 것 아닌가?"

"물론 그렇지."

렉서가 씨익 웃었다.

"하지만 말이야. 나는 나보다 약한 사내를 주군으로 모실 생각이 없거든."

렉서가 자리에서 일어섰다.

"요르한, 네가 살막을 어렵게 키워왔듯 나 역시 흑화당을 어렵게 키워왔다."

"……."

"이 흑화당을 지배하실 진정한 군주가 나보다 약하다면? 얘기는 성립되지 않지."

요르한이 말했다.

"과연 네가 그분을 이길 수 있을까?"

"그분께서는 지금 몇몇 금제에 걸려 있다고 하셨다. 기다려 달라고 얘기했지. 그래서 기다리고 있는 중이다. 하지만 내 인 내심이 바닥나려고 하는군."

"그분은 약하지 않다."

요르한은 이번에 스카이데블의 은신처로 찾아온 주군을 봤다. 주군은 더욱더 강력해졌다. 파천심공의 위력도 훨씬 강해졌다. 비록 노아이템 상태지만 정면 대결을 펼친다면 장로들과 싸워도 손색이 없을 정도라고 느꼈다.

"그분은, 바깥세상의 물건을 안으로 가지고 오실 수 있는 유일한 분이시다."

"……그 점은 인정한다."

"이번에 방한복과 방한 도구를 일괄지급하겠다 하시더군. 엄청나게 큰돈이 들어가는 큰 사업이다."

"그래 봤자 살막에서 자금이 운용될 게 아닌가?"

"그렇다고는 해도 그분의 그릇을 알 수 있는 대목이지. 그러니 조금 더 기다려라. 그분께서는 군자금 마련을 위하여 하늘로 흐르는 강으로 향하실 것이니."

<br>

전 세계가 경악했다.

—충격! 대연합 신성! 몬스터 생성 성공!

대연합 신성이 몇몇 연구 기관, 상급 NPC들과 함께 하나의 커다란 프로젝트를 진행했는데 그 프로젝트가 성공했단다. 필요한 몬스터를 임의로 생성해서 키울 수 있도록 하는 프로젝트였다.

한세아도 그 프로젝트에 대해 관심을 보였다.

"오빠, 대박이야. 이제 몬스터를 만들어낼 수가 있대."

"……몬스터를?"

여태까지는 그게 불가능했었다. 몬스터는 올림푸스 세계

내에서 자연스럽게 만들어지는 생명체다. 사육은 가능했지만 생성은 불가능했다. 또한 테이밍된 몬스터가 아닌 필드 위의 일반 몬스터는 일정 필드를 벗어나면 사라지는 법칙이 있다. 원래는 그렇다.

"원하는 장소에서 원하는 몬스터를 생성할 수 있다는 것 같아."

그런데 그 법칙을 뒤집어버린 것이다.

"근데 이게 사업비가 어마어마한가 봐. 정확하게는 모르겠는데 무슨 뭐라더라, 몇조? 몇백조? 하여튼 일반인은 상상도 할 수 없는 어마어마한 금액이 들어간대. 아주 오래전에 발견되었던 블랙 스톤이랑 레드 스톤 수십만 개가 필요하다나 봐."

"……."

너무 까마득하다. 블랙 스톤은 하나에 500억씩 하는 말도 안 되는 물건이고 레드 스톤은 하나에 5억이다. 그런데 레드 스톤이 수십만 개? 만 개만 해도 5조 원 단위인데 수십만 개 단위라니.

"어쨌든 그렇게 해서 그 몬스터 생성기? 이름은 모르겠는데, 여튼. 그걸 사용하면 30퍼센트 이상의 수익률을 낼 수 있다나 봐."

"……돈 놓고 돈 먹기네."

일반인은 불가능하다. 신성쯤 되는 대연합이니까 가능한 얘기다. 수십조를 쏟아부어서 또 조 단위의 이득을 얻는다는 얘기.

'가만.'

그런데 생각해 보면,

'스카이데블에도 저런 게 하나쯤 있으면.'

말도 안 되는 얘기지만 저런 게 하나쯤 있다면? 스카이데블의 은신처는 자급자족이 불가능한 생태계를 가지고 있다. 그런데 저런 게 있다면 그 생태계를 되살릴 수 있지 않겠는가.

"그거 덕분에 1번 성좌가 오빠한테 발린 거 묻혀 버렸어."

"……그러냐?"

이게 좋은 건지, 나쁜 건지.

"사람들이 이걸 가지고 몬스터 혁명이래. 필요한 아이템을 보다 쉽게 얻어낼 수 있으니까."

"응, 그래."

"반응이 시시하네?"

한주혁이 피식 웃었다. 동생의 머리를 좀 세게 문질렀다. 쓰다듬는 것과는 차원이 달랐다.

"생각해 봐라. 내가 상대해야 하는 놈들이 그런 괴물 같은 놈들이야. 몬스터마저도 만드는 미친놈들."

"아……."

한세아는 방긋 웃었다.

"나는 성좌니까 괜찮아. 나중에 오빠 폭삭 망해도 내가 먹여 살려줄게. 걱정하지 마."

"까불지 말고 정체나 잘 숨겨. 성좌들끼리 커넥션도 만들면 좋고 너는 네 나름대로 명성을 쌓는 게 좋을 거야. 아니면 네 능력을 키우든지."

한세아가 고개를 절레절레 저었다. 명성? 그런 거 필요 없다.

"이거 참. 왜 이러실까. 우리 멋진 오라버니께서."

평소와 다른 말투, 다른 목소리. 콧소리가 가미된 저 듣기 싫은 목소리. 뭔가 또 앵길 작정인 것 같다.

"나 명성 필요 없어. 오빠랑 같이 사냥할 거야. 사람들 있을 때는 내가 오빠 칠게. 그리고 좀 떨어져 있어도 파티 경험치는 같이 들어오잖아. 나 오빠랑 같이 사냥할래. 오빠 버프가 짱이란 말이야. 응?"

"……그래라. 폴리모프 스톤 몇 개 챙기고. 사람들 있을 때에는 네 스킬 숨겨. 평소에는 적당한 거리 유지하면서 사냥하고."

"세송이도 부를까?"

"……아니, 일단 걔는 따로 사냥하고 있던데."

네크로맨서는 NPC들의 배척을 받는다. 그러나 풀카오처럼 플레이어들이 노리지는 않는다. 네크로맨서 역시 하나의 클래스니까.

"여기 봐라."

천세송은 이미 유명세를 타기 시작했다.


-엄청난 네크로맨서의 등장.

-미친 네크로맨서.

동영상들이 이미 퍼지고 있었다.

"얘는 컨트롤이고 뭐고 필요 없어. 그냥 일단 가서 초토화시키면 돼."

"……그건 그러네. 근데 오빠. 세송이한테 삥 뜯던데……?"

"삥이라니. 다 정당한 이득이지."

천세송은 '아저씨 말 잘 들을 거예요'라고 약속했다. 그래서 아저씨인 한주혁은 거래를 제안했다. 내가 열심히 도와줄 테니, 네가 얻는 아이템과 몬스터 스톤을 반씩 나누자. 너는 절대악을 도와야 하는 클래스고 절대악은 지금 자금이 매우 부족한 상태다. 절대악 영지를 먹여 살리려면 지금 돈이 매우 필요한 상황이다. 라고 설득했다.

처음에는 조금 긴가민가하던 천세송도 스카이데블의 은신처를 한 번 보고 나더니 납득했다. '아저씨, 되게 자상한 면도 있었네요. 무심한 줄 알았는데.'라면서 말이다.

"그러니까 지금 얘가 이렇게 사냥터 싹쓸이하고 다니면 저 중 절반은 오빠 거라는 거네?"

"그렇지."

"원래 오빠가 잡으면 드랍도 안 되잖아."

"……아냐. 이제 슬슬 되기 시작했어."

진 파천심공의 효과로 행운이 -99에서 -69까지 줄어들었다. 다른 플레이어나 NPC로 오해받는 건 여전하지만, 아이템 드랍이 시작됐다. 물론 그 확률은 다른 플레이어들보다 훨씬 적지만.

"어쨌든. 그래서 다음 목적지는 어디야?"

"하늘로 흐르는 강."

"혁. 진짜로? 에이, 거짓말."

한세아는 순간, 한주혁을 믿지 못했다.

"오빠, 진짜 하늘로 흐르는 강에 갈 거야?"

"그래."

"오빠, 지금 상황 알지? 거기 지금 신성이 꽉 잡고 있는 거."

한주혁이 피식 웃었다.

"알아. 그래서 가는 거야."

씁씁이는 소시민의 때를 벗지 못했고, 절대악답지 못했지만 그래도 행보는 확실히 정했으니까. 그래서 하늘로 흐르는 강으로 향하기로 했다.

이른바 레드 스톤 열풍이 일었다. 신성이 개발한 새로운 기술. '몬스터 게이트'를 구동하는 데에는 레드 스톤이 필요하다. 정확한 수치는 아니지만, 레드 스톤 1개를 투자하면 레드 스톤 1.1개가 드랍된다. 각종 다른 아이템들은 덤이고. 수익률이 약 30퍼센트에 육박하는 사업.

그래서 신성 연합 소속 임원들 전원이 오랜만에 사냥을 나섰다. 그들이 향한 곳은 '하늘로 흐르는 강'이다.

신성이 독점 사냥권을 가진 곳이며 신성 외에 다른 연합들은 출입이 철저히 금지되어 있다. 물론 시스템상 그렇다는 건 아니다. 제우스가 금지한 것이 아니라 연합이 그렇게 정한 거다.

"오빠, 거기 잘하면 레벨 70대 플레이어들도 있을 수 있어. 알지?"

"괜찮아."

레벨 70? 한주혁의 레벨이 50이니 레벨 역보정을 치더라도 겨우 20밖에 안 받는다. 레벨 70이면 뭐 대충 평균 스탯이 60~70 정도 되지 않을까 싶다. 레벨 역보정 20에 대한 페널티가 클까, 스탯 차이 약 2배가 클까.

"잘 생각해 봐. 거기에 왜 그렇게 신성의 고위 플레이어들이 몰려 있는지."

"그야 레드 스톤 드랍율이 높으니까 그렇지."

"그래, 글로벌 대연합 신성이 탐을 내는 아주 중요한 사냥터란 뜻이야."

한주혁은 루펜달을 데리고 하늘로 흐르는 강으로 향했다. 루펜달은 손을 싹싹 비볐다.

"역시 형님이십니다! 패기! 열정! 그 무엇도 형님의 앞길을 막지 못할 것입니다!"

루펜달은 시키지도 않았는데 일장 연설을 했다.

"형님이 앞으로 가라면 앞으로 갈 것이요, 뒤로 가라면 뒤로 갈 것이요, 죽으라면 죽을 것이며, 살라면 살겠습니다!"

그런 의미에서.

"저…… 언데드 상태 풀려도 데리고 다녀주실 거죠?"

얼마 후면 언데드 상태가 풀린다.

"아니?"

그런데 언데드 상태가 풀리면 '절대악 칭호'의 효과에서 벗어나게 된다. 배신을 하더라도 극심한 고통을 느끼지 않는다는 소리다.

"형님, 전 형님의 평생 발닦개가 되기로 결심했습니다! 어떻게 하면 되겠습니까? 리치를 찾아가 언데드가 되겠습니다!"

까짓것 몇 번 죽으면 되지. 죽어서 언데드가 되고 말리라!

　

한주혁은 '하늘로 흐르는 강'으로 원정을 가기 위해 약간의 준비를 했다.

"제타, 나와 함께 움직인다."

제6장로 제타. 그와는 저번에도 함께 움직였었다. 광역딜에 특화된 NPC다. 제타가 우렁차게 대답했다.

"알겠습니다! 적들의 뼈까지 발라내겠습니드아아아!"

추운 겨울을 버티기 위한 생존 전략 사업이 통과되면서 기존 장로 NPC들의 충성도는 이루 말할 수 없을 정도로 높아졌다. 제타 역시 마찬가지였다.

제1장로 룩소가 말했다.

"이제…… 본격적으로 태동하시는 것이옵니까?"

"그래."

절대악이라는 것을 떠벌리고 다닐 필요는 없다. 그것을 소문내 봐야 좋을 게 딱히 없으니까. 그러나 그렇다고 해서 억지로 숨기고 다니지도 않을 생각이다. 힘이 있다. 이 세계를 재편할 수 있을 정도의 강력한 힘인지는 모르겠다만 숨어 다닐 필요도 없어졌다.

"룩소. 네가 걱정하는 것이 무엇인지 알고 있다."

다만 조심해야 할 것은 '스카이데블의 은신처'라는 이곳. 이 필드가 노출되는 것. 여기만 노출되지 않으면 된다.

한주혁은 제타를 데리고 이동했다.

하늘로 흐르는 강. 한주혁이 처음 플레이를 시작한 센티니아 대륙에 위치한 고레벨 전용 사냥터다. 레벨 제한은 50. 이곳에는 총 세 가지의 몬스터가 출몰한다.

"루나. 너는 물총 하마를 조심해야 돼. 알겠어?"

"응응. 그래서 아이템 세팅도 새로 했어."

"잘했어."

물총 하마는 강력한 원거리 공격과 두꺼운 맷집을 자랑하는 하마 형태의 동물형 몬스터다.

"그리고 큰 귀 코끼리는 어그로 확실히 잡히기 전까지는 어지간하면 건드리지 말고."

"어차피 오빠 어그로가 너무 세서 나한테는 안 올 거 같은데."

큰 귀 코끼리는 매우 위험한 몬스터다. 레벨 60대 초반. 동물형 몬스터 중에서는 가장 크고 위협적인 몬스터로 분류된다.

"두 머리 악어는 안 잡을 거지?"

"잡을 필요 없지."

큰 귀 코끼리와 물총 하마는 레드 스톤 드랍율이 매우 높다. 하지만 두 머리 악어는 하늘로 흐르는 강의 계륵 같은 몬스터다. 물속에 있어서 잡기도 힘들뿐더러, 잡아봐야 별로 영양가가 없는 아이템을 드랍한다. 가성비가 매우 떨어지는 몬스터다.

"버프는 언제 해줄 거야?"

"코맹맹이 소리 내면 진짜 패버린다."

그는 동생의 코맹맹이 소리를 그다지 듣고 싶지 않았다.

"근데 오빠. 다시 생각해 봤는데 마리안도 부르는 게 낫지 않겠어? 마리안 있으면 대량 학살도 가능할 거고. 레드 스톤도 왕창 얻을 수 있을 거 같은데."

"안 그래도 불렀다."

따로 행동하는 게 좋을까 했는데, 방침을 조금 바꿨다. 어차피 마리안과 자신은 한배를 탄 사이다. 죽어도 같이 죽고, 살아도 같이 사는 클래스. 그래서 이번 원정에 함께하기로 했다.

"루펜달. 알아서 잘 살아남아라."

"형님 버프 있으면 두렵지 않습니다!"

죽으면 더 좋지!

'개이득!'

그 과거 '주인님'과 지금 형님이 아는 사이라는 것에 매우 놀라긴 했지만 뭐 어떠랴. 아주 좋은 거 아니겠는가.

"아저씨! 저 왔어요!"

아저씨? 에이 뭐. 호칭이 뭐가 중요하냐. 나보다 세면 형님이고 누님이지.

"누님, 저 지금 자살할 테니까 언데드 좀 만들어 주세요. 저 곧 언데드 풀려요."

그랬는데 저 누님이 형님한테 물어봤다.

"그래도 돼요?"

전 주인님이 형님한테 허락을 받고 있다. 역시 잘 보여야 할 사람은 저 형님이다. 모든 권력의 중추! 모든 힘의 중심!

"헤헤. 형님. 허락 한 번 해주시죠."

"너 자살하는 걸?"

"그렇습죠. 전 언데드가 좋습니다. 꼭 시체 되고 싶습니다."

한세아가 앞으로 나섰다.

"이왕 죽을 거면 나한테 죽는 게 어때요? 고통 없이 죽여줄게. 오빠, 그래도 되지?"

아. 당신 마법사잖아. 그것도 엄청 강력한 마법. 전격 계열 마법 엄청 쓰는데 그거 맞으면 아플 거 같다고. 라고 생각했는데 한주혁이 말했다.

"그래, 이왕 풀카오 잡는 거. 네가 잡는 게 좋겠지."

"여, 영광입니다!"

어쨌든 루펜달은 소원대로 검은 잿더미로 변했고, 천세송에 의해 언데드로 다시 태어났다.

"응......?"

루펜달은 뭔가 이상함을 느꼈다.

"형님."

"왜?"

"저 훨씬 세졌는데요?"

"아. 그거."

앱솔루트 네크로맨서가 진화해서 그래. 언데드화하면 생전의 능력보다 1등급 향상된다. 그 말은 해주지 않았다. 그냥 뭐. 알아서 생각하겠지.

"저 모든 마법 효율이 다 올라갔고 언데드 상태일 때 레벨이 20이나 높아졌는데요? 스탯은 자동 분배되어서 올라갔고요."

역시 대박이다. 레벨 20? 말이 20이지. 그냥 평범하디평범한 일반 사람들은 레벨 20 올리는 데 20년 걸린다.

"저 지금 임시 레벨이 거의 80에 육박하는데요?"

거기에 더해,

"여기 형님 버프까지 들어오면…….."

주먹을 불끈 쥐었다.

"형님. 사랑합니다. 제 순결을 바치겠습니다."

그랬다가 죽을 뻔했다. 비록 임시라고는 해도, 레벨 80에 육박하는 어마어마한 능력치. 그것조차도 한주혁의 무자비한 평타를 버틸 수는 없었다.

"그딴 소리 한 번만 더 하면 죽여 버린다."

순결 필요 없다.

"너는 아이템이나 잘 주우면 돼."

"누구보다 빠르게! 빛살 같은 속도로 펫 역할을 충실히 이행하겠습니다!"

한주혁에게 능력치로 치면 레벨 70대 후반의 펫이 생겼다. 한주혁은 그 펫과 함께 이동하기로 했다.

"마리안이랑 루나는 둘이 같이 이동해. 나랑 루펜달이랑 움직일 테니까."

하늘로 흐르는 강.

이곳은 이미 신성이 사냥권을 독점하고 있는 곳이다. 대연합이라면 이러한 독점 사냥터를 적어도 몇 개씩은 가지고 있다. 대연합끼리는 서로 간의 무력 충돌을 암묵적으로 금지하고 있으며, 서로의 영역을 존중해 주고 있다.

하늘로 흐르는 강으로 향하는 워프 포탈도 신성의 플레이어들이 지키고 있다.

"너희는 뭐냐?"

풀카오 두 마리가 보였다.

"미친놈들이군."

여기가 어디라고 저렇게 당당히 걸어오고 있는 건지 모르겠다. 이곳은 하늘로 흐르는 강으로 직결되는 워프 포탈.

'어라.'

모습이 가까워지자 뭐랄까. 약간 낯이 익었다.

"야, 쟤 어디서 본 거 같지 않아?"

워프 포탈을 지키는 플레이어는 세 명. 그중 한 명이 소리쳤다.

"정지. 거기 정지해라!"

저놈이 누군지 알아냈다. 저번에 1번 성좌인 강무석 이사님과 격돌했었던 그놈이다. 엄청나게 짙은 마기 거기에 노아이템. 그리고 뒤뚱거리면서 따라오고 있는 아주 커다란 독수리.

그들은 황급히 본사에 연락을 넣었다.

─그놈입니다.

강무석 이사의 심기를 건드리지 않기 위해, 강무석을 살해

한 저놈을 '그놈'이라고만 표현했다. 자세히 표현하지 않았다.

－그놈이 하늘로 흐르는 강 워프 포탈에 모습을 드러냈습니다.

그랬더니 연락이 왔다.

－예? 그냥 들여보내라고요?

상부의 지시였다. 워프 포탈을 지키던 그는 안도의 한숨을 쉬었다. 그래도 저놈은 먼저 안 치면 안 치는 주의를 가진 놈이라고 했다. 아니나 다를까.

놈이 말했다.

"먼저 안 치면 안 친다."

플레이어들은 침을 꿀꺽 삼켰다. 불행히도 사냥 필드와 사냥 필드를 연결하는 이 워프 포탈에는 안전지대가 없다. 저놈이 마음만 먹으면 자신을 죽일 수도 있다.

"일단 정지해라! 거리를 유지해! 워프 포탈은 열어주겠다."

이렇게 되자 오히려 황당한 건 한주혁이었다. 모양새를 보아하니, 진짜로 워프 포탈을 열어줄 것처럼 보였다.

때를 놓치지 않고, 루펜달이 아부했다.

"형님의 강력함을 알아차린 모양입니다."

"아."

그 영상 때문인가. 1번 성좌와 싸우던 그 영상. 그 영상은 업로드와 동시에 실시간으로 삭제되었고 지금은 찾아보기가 어렵게 됐다. 너무 짧은 시간 동안만 퍼졌기 때문에 한주혁의 얼굴 자체가 많이 알려지지는 않았다. 그래도 알음알음 퍼지고 있는 상황이기는 하지만 말이다.

'그래도 신성 소속 플레이어들은 대충 알고 있겠지.'

신성 내에서 가장 뜨거웠던 사건이니까. 강무석의 죽음. 노아이템 풀카오인 람타디안에게 사망하지 않았던가.

한주혁은 정말로 워프 포탈을 이용해 하늘로 흐르는 강으로 이동할 수 있었다. 아무런 제약 없이.

'원래는 이게 정상인데.'

원래 올림푸스의 워프 포탈은 이용료를 내지 않는다. 대륙을 이어주는 워프 포탈, 수도를 이어주는 워프 포탈 등. 나라와 나라를 잇는 워프 포탈의 경우 일정한 수수료를 부과하긴 하지만 그 외에 필드에서 필드로의 이동은 자유롭다. 대연합들이 임의로 이 워프 포탈을 점령하고 있다는 게 문제지. 그리고 아무도 대연합에 반발하지 못한다는 것도 문제다.

어쨌든 한주혁은 워프 포탈을 타고서 하늘로 흐르는 강에 도착했다. 한주혁이 피식 웃었다.

"예상은 했지만 말이야."

이미 예상은 했다. 레벨 80에 육박하는 능력치를 가지게 된 루펜달이 앞으로 나섰다. 거기에 지능 스탯이 130에 달하는 한주혁의 공용 버프가 더해졌다. 루펜달은 가지고 있는 모든 방어 계열 마법을 쏟아 냈다. 한주혁은 몸으로 공격들을 막아 냈다.

"제1진 공격!"

"실수하지 마라! 연계 스킬을 강화하고 각자 4, 6번 스킬로 스턴스킬을 추가한다!"

한참이나 공격이 쏟아졌다. 미리 연락을 받은 고레벨 플레이어들이 워프 포탈 근처에서 진을 치고 있다가 온갖 공격을 퍼부은 모양이다. 화려한 이펙트가 뿜어져 나오고 어마어마한 흙먼지가 피어올랐다. 시야가 모두 가려 아무것도 보이지 않을 정도.

이들을 이끌고 있는 '불타는 짬뽕'이 공격 중지 명령을 내렸다. 시야가 완전히 가려져서 타깃팅조차 힘든 상황. 이 정도 공격을 쏟아부었으면, 아주 큰 데미지를 입었거나 행동불능 상태에 빠져들었을 거다. 이들은 정예 중의 정예. 무려 글로벌 대연합에 속한 고레벨 플레이어들이니까.

반응이 없었다.

'역시.'

무슨 배짱으로 들어온 건지 모르겠다. 신성의 이사 한 명을 꺾었다고 기고만장해졌던 게 아닐까 싶다.

"감히 신성에 반항하는 놈들은 이렇게 되는 거다."

사촌 동생의 복수도 이만하면 훌륭하게 하지 않았는가. 강무석이 엄청난 잠재력을 갖고 있다는 건 인정한다. 그래도 레벨이 아직 50대밖에 되지 않는다. 그에 반해 이곳 플레이어들은 평균 레벨이 65다. 레벨 50과 60은 완전히 다르다. 그 어려운 스텝업을 뛰어넘어야 하니까.

긴장했던 플레이어들도 한시름 덜었다.

"맞습니다."

1번 성좌를 죽였다길래 얼마나 강한가 했더니. 그 정도는 아니었던 거 같다. 그도 아니면 1번 성좌 강무석이 생각보다 너무 약했던가.

"우리는 우리 업무를 진행한다."

지금은 레드 스톤을 얻어야 한다. 그게 제일 중요하다. '불 타는 짬뽕'은 짐짓 허세를 부리면서도 안쪽의 기척 살피기를 게을리하지 않았다. 그래도 강무석을 죽인 놈 아닌가. 역시 아 무것도 느껴지지 않았다.

흙먼지가 걷힐 무렵 검은 잿더미들이 보였다. 그제서야 마 음이 놓였다. 검은 잿더미들. 시체 아닌가!

시체를 확인한 불타는 짬뽕은 저도 모르게 피식 웃고 말 았다.

·'별거 아니네.'

이 정도면 그냥 척살령 내려서 무한 척살을 해도 될 거 같 다. 아주 강력한 플레이어도 아니고 이 정도 어정쩡한 강력함 이면 그냥 밟아버리는 게 나으니까.

강무석에게도 점수를 딸 수 있을 것 같다.

'무석이가 좋아하겠어.'

아직 시체가 남아 있다. 시체 들으라고 얘기했다.

"감히 신성에게 대들면 이렇게 되는 거다. 알았나?"

그런데 그때. 목소리가 들려왔다.

"공격은 끝이냐?"

그 목소리는 위쪽이었다.


SS등급으로 승격된 꼬꼬는 그 움직임이 전보다 훨씬 빨라졌다. 꼬꼬는 한주혁 태우고 하늘 높이 날아올랐다.

한주혁이 말했다.

"위험했네."

한주혁 본인은 위험하지 않다. 그러나 지금 방금 워프 포탈을 통해 이동한 천세송이 위험할 뻔했다.

현재 암묵적인 관행상 2명까지는 연합으로 인정되지 않는다. 따라서 '사냥권'이 없더라도 그 어디를 가서 사냥해도 괜찮다. 2명까지는 말이다. 사실상 허울 좋은 관행이다.

사실 2명이서 뭔가를 할 수 없는 곳이 바로 올림푸스 세계니까. 자기 레벨에 맞는 사냥터에서 제대로 된 수익을 올리려면 최소 5명 이상의 파티가 필요하다는 게 정설이다. 2명의 이동 자유를 보장한다는 건 워프 포탈을 소유, 관리하고 있는 대연합이 그냥 겉보기로만 그럴싸하게 만들어 놓은 관행일 뿐이다.

한세아와 천세송은 또 혹시 몰라 둘이 따로 이동했다. 한세아는 성좌고, 천세송은 절대악을 보조하는 클래스니까. 그래서 따로 움직인 거다. 일행이 아닌 척, 시간 차를 두고 워프 포탈로 이동했다. 먼저 들어온 사람이 천세송이었다.

꼬꼬가 천세송과 루펜달을 함께 태워 하늘로 날아올랐다.

"저 화났어요."

천세송은 화가 났다. 아끼고 아끼는 언데드들이 무려 40마리 정도가 죽었다. 그것도 주인인 자신을 지키기 위해서 목숨을 내던졌다.

한세아로부터 귓말이 들려왔다.

─오빠, 무슨 일인데? 나 아직도 들어가면 안 돼?

─어. 좀 더 있다가 들어와. 내가 귓말 줄게. 혹시 들어오게 된다 하더라도, 주위에 사람 있으면 날 공격하고.

흙먼지가 걷힐 무렵. 꼬꼬가 다시 하강했다.

키에엑!

인간 놈들!

꼬꼬의 H/P가 약 30퍼센트 정도 떨어져 있었다. 한주혁이 힐을 사용해서 치료해 줬다.

꼬꼬의 현재 레벨은 약 70. 평균 레벨 65, 고레벨 플레이어들이 쏟아 내는 공격에 일부 얻어맞았다. 그래서 화가 났다. 맞아보니 아팠지만, 꼬꼬가 직접 덤벼들지는 않았다.

키에엑!

주인님 혼내주세요!

이럴 때는 믿음직한 주인님 뒤로 숨는 게 최고다. 아니나 다

를까. 꼬꼬의 눈으로 보기에 세상에서 가장 강력한 주인님이
입을 열었다.

"공격은 끝이냐?"

천세송은 한주혁에게 물었다.

"아저씨, 나도 싸워도 되죠?"

"그래, 뭐."

어차피 같은 배를 탄 사이. 지금부터는 큰 그림을 그릴 때다.


신성 연합의 플레이어들을 이끌고 있는 '불타는 짬뽕'은 황
당했다.

'저 공격에서 살아남았어?'

자신이라고 해도 그건 불가능하다. 정통으로 맞았다면.

'저 펫에게 블링크 기술이 있는 것 같군.'

저 독수리를 닮은 펫에게 특별한 기술이 있는 모양이었다.
그는 자신했다. 저 람타디안이 어마어마한 고수라서 설사 레
벨 90에 육박하는 초고수라 할지라도 노아이템 상태로는 저
모든 공격을 받아낼 수 없을 거라고.

'저 시체들은 뭐지?'

위장을 한 건가. 어쨌든 지금 중요한 건 그게 아니었다.

"공중에서 모습을 드러내다니 미친놈이군. 딜러진."

공중에서는 피할 곳이 별로 없다.

'게다가 숫자가 겨우 셋?'

가소롭다. 겨우 셋으로 뭘 어떻게 하겠는가. 올림푸스 세계는 파티가 중요한 세계다. 개인이 아무리 강해 봤자 한계가 있다는 소리다. 여태까지 그 어떤 히든 클래스와 강력한 플레이어도, 대연합의 힘을 이겨내고 독자적인 길을 개척하지 못했다.

"2차 공격을 시작한다."

한주혁이 꼬꼬에서 뛰어내렸다.

"꼬꼬, 너는 위로 도망쳐."

한주혁이 먼저 뛰어내렸다. 루펜달과 천세송이 그 뒤를 따랐다.

"공격!"

딜러진이 공격을 시작했다. 그들은 자신들의 공격이면 무방비로 노출된 저 노아이템 풀카오, 람타디안을 잡을 수 있을 거라고 확신했다. 기본적인 숫자, 화력, 전력. 그 모든 것이 차이 나니까.

온갖 이펙트가 쏟아지는 원거리 공격 가운데, 한주혁은 맨몸으로 그걸 맞아댔다.

'생각보다 안 아프네?'

아마 평균 레벨 65 정도 되는 것 같은데. 이 정도의 능력치로는 자신의 몸에 위해를 가할 수 없다는 별로 새롭지도 않은 사실을 깨달았다.

불타는 짬뽕도 그 사실을 알아챘다.

'H/P가 멀쩡하다.'

믿기 힘들었다. 그러나 사실이다. 믿을 수밖에 없었다. 놈의 방어력은 상상을 초월했다. 1번 성좌를 죽인 놈이라더니. 과연 상상 이상이다.

누군가 말했다.

"불짬 이사님. 방어력이 상상을 초월합니다."

불타는 짬뽕도 순간 갈등했다. 놈이 바닥에 착지하는 순간, 엄청난 일이 벌어질 것 같은 예감이 들었다.

'저 정도의 어마어마한 방어력이면……'

그러면 그에 비례해서 공격력도 강하지 않을까? 1번 성좌를 죽인 놈인데?

"루펜달과 비슷한 계통의 마법사인 것 같습니다."

"방어력만 어마어마하게 높은 것 아닐까요?"

그게 상식적인 거다. 방어력이 저토록 비상식적으로 높으면, 공격력은 좀 약할 수밖에 없다. 방어에 특화된 클래스. 탱커 중에서도 강력한 히든 클래스를 가진 놈인 것 같다.

그때, 이사 중 한 명인 '손도끼'가 앞으로 나섰다.

"제가 나서서 탱킹하겠습니다."

"부탁하지."

손도끼의 레벨은 69. 스텝업 포인트를 얻지 못해 70이 되지 못했을 뿐이다. 어쨌든 그는 강력한 탱커였고 여태까지 수많은 몬스터를 탱킹했다. 최근에는 레벨 80대 몬스터를 탱킹하면서 그 탱킹 능력을 입증해 보인 뛰어난 플레이어이기도 했다.

'놈의 공격이 아무리 강해 봤자.'

그래 봤자 맨손 평타 공격밖에 할 줄 모르는 놈이다. 무슨 특별한 기술이 숨겨져 있다고는 해도,

'그래 봤자 맨손이다.'

그래 봤자 평타. 하다못해 그 흔한 건틀렛조차도 없다. 한주혁이 땅에 발을 디뎠을 때 손도끼가 말했다.

"네가 뛰어난 무투가라 할지라도. 노아이템으로는 승산이 없다."

"……그러냐?"

저런 말. 하도 많이 들어서 이젠 지겨울 정도다. 그래. 나 노아이템이야. 근데 스탯이 130이야.

"네놈에게 승산은 없다. 첫째, 화력 부족. 둘째, 파티의 부재. 셋째, 전략 전술의 부재."

싸움은 기본적인 머릿수가 받쳐줘야 한다. 그게 상식이고 진리다. 머릿수가 부족하면 그 부족한 머릿수를 최대한 유기적으로 움직이며 각 클래스가 시너지 효과를 내야 한다. 그러면서 전략과 전술을 잘 수립하여 효율을 극대화해야 한다. 그게 당연하다.

"보니까 숫자가 한 70명 정도 되네."

그것도 평균 레벨 65의 고레벨 플레이어들이.

"꽤 세겠어."

"이곳에 무슨 생각으로 쳐들어 왔는지는 모르겠다만 지금 당장에라도 항복하고 강무석 이사님께 사죄하면 척살령은 면하게 해주겠다."

"……응?"

사죄? 뭔 사죄?

"척살령 내리게?"

"당연한 것 아닌가?"

"내가 뭘 잘못했는데?"

"감히 대연합 신성의 영역에 침범한 죄. 이곳에서 난동을 피우고 있는 죄. 이것은 엄연히 대연합에 대한 모독 행위이며 신성의 자존심을 건드리는 행위이지."

한주혁이 피식 웃었다.

ー루펜달, 촬영 잘하고 있냐?

ー그렇습니다, 형님! 아주 정확하게 생생 돌아가고 있습니다.

한주혁은 이 세계를 뒤집어엎어야만 하는 운명을 가진 클래스다. 그렇다면 그것대로 그 길을 착실히 수행해 나가기로 마음먹은 상태.

"대연합 너희가 뭔데 여기가 너희 영역이래?"

"뭐라?"

"하늘로 흐르는 강을 너희가 만들었어?"

이 세계는 대연합들이 지배하고 있다고 해도 과언이 아니다. 처음부터 대연합의 위세가 이렇게 컸던 건 아니다. 정부에서 이른바 '낙수 효과', 그러니까 대연합이 커지면 그에 따라 투자와 소비가 늘어났다. 그러한 혜택이 일반 서민들과 가정에도 돌아간다는 효과를 주장하면서 대연합에 전폭적인 투자를 했다. 덕분에 약 100년 전부터 대연합이 강성해지기 시작했다.

"대연합 너희가 목 좋은 사냥터, 경험치 많이 주는 사냥터, 좋은 아이템 드랍하는 사냥터는 전부 독점하고 있잖아. 일반 플레이어들은 그런 곳들을 경험할 수조차 없게 만들었지. 수많은 중소연합을 짓밟았고 일반 플레이어들을 쥐어짜서 지금의 그 자리에 오른 거 아닌가?"

워프 포탈 독점. 스텝업 퀘스트 독점. 좋은 성장 요건 독점.

"개천에서 용 나는 시대는 이미 지나갔지."

개천에서는 용 안 난다. 개천에서는 미꾸라지만 난다. 흙수저는 흙수저가 되는 게 당연하고 금수저가 금수저를 낳는다. 신분 상승이 거의 불가능한 시대가 지금 시대다.

"아. 근데 그래 봤자 너희 월급쟁이들이랑 싸워서 뭐하겠냐?"

회장 나오라 그래. 사장 나오라 그래.

"너희들도 따지고 보면 어차피 월급쟁이고, 시키는 대로 움직이는 노예잖아. 서민들이 쇠고랑을 찬 노예면, 너네들은 은고랑을 찬 노예. 은고랑 찬 게 좋냐?"

아마 저 은고랑 찬 노예들은 연봉 1억 정도는 될 거다. 물론 한주혁 본인도 잘 모른다. 다만, 그 정도 될 거라고 어렴풋이 생각하고 있을 뿐.

"사장이고 회장이고. 상위 1프로가 90프로의 부를 독점하는 건 뭐 그렇다 쳐."

"……헛소리를 지껄이는군."

"근데 부의 독점을 넘어서서, 공정하게 경쟁할 기회까지 빼앗는 건 너무하잖아."

대연합에 밉보이면, 중소연합은 제대로 된 스텝업 퀘스트를 따내기도 힘들고 제대로 된 수주를 얻기도 힘들다. 그것은 곧 중소연합에 입사하게 되는 '대부분의 사람들'이 성장할 수 있는 기회를 빼앗긴다는 소리다. 지난 100년간 그래왔고, 양극화 현상은 점점 더 심해지고 있다.

"너네 노예들 말고, 재벌들 나오라 그래. 내가 모가지를 따줄 테니까. 능력만 된다면 누구나가 평등하게 좋은 퀘스트와 좋은 사냥터를 누릴 수 있게 해야 하지 않겠냐?"

루펜달이 귓말로 외쳤다.

─형님! 녹화 용량 다 찼습니다. 영상 기록 스톤 바꾸겠습니다. 30초 정도 걸립니다.

한주혁이 피식 웃었다.

"다 덤벼. 빙신들아."

그와 동시에 주변에서 검은색 기운이 몰아치기 시작했다.

땅 밑에서, 그림자 밑에서 강력한 군세가 모습을 드러냈다.

천세송이 이끄는 다크 나이트들이었다.

"일어나라. 죽음의 병사들이여!"

불타는 짬뽕이 공격 명령을 내리고, 손도끼가 앞으로 내달렸다. 그는 그의 닉네임답게 손도끼를 휘둘렀다.

"죽어랏!"

저놈. 주둥이만 산 풀카오. 반드시 여기서 죽여야 할 것 같다. 그리고 무한 척살령을 내리는 것이 좋을 것 같다. 기존 대연합 체제가 뭐 어때서? 나는 잘 먹고 잘사는데? 억울하면 노력해서 대연합에 들어오면 되는 거 아닌가.

그는 딜러가 아니다. 어마어마한 방어력을 가진 탱커다. 레벨 80대 몬스터조차도 탱킹할 수 있는 강력한 힘을 가진 탱커.

'네놈은 나만 상대해야 할 것이다.'

이놈을 보스몹이라고 생각하면 편했다. 놈의 어그로를 끌어당기면 됐다. 여태껏 시간을 준 것이 놈의 패착이라 할 수 있다. 딜러들이 제각각 스킬트리를 완성한 상태니까.

'엄청나게 강력한 방어력?'

그가 탱커라서 잘 안다. 저건 일시적인 능력일 것이 분명했다. 그것 말고는 말이 안 된다. 올림푸스 200년의 역사상 그런 인간은 단 한 명도 없었다. SSS급 퀘스트를 받아 유명해졌던 역사 속 인물들마저도 그런 능력은 보유하지 못했다.

노아이템으로 저렇게 강력한 방어력?

'그 방어력이 깨지는 순간. 네놈은 죽는다.'

무슨 수를 썼는지는 몰라도 언젠가 깨지기는 깨진다. 그것이 '불타는 짬뽕' 이사와 그가 내린 결론이었다.

"네놈의 공격이 아무리 강하다고 해도."

그래 봤자 평타. 그 평타가 생각 이상으로 강하다고 해도 뒤에는 든든한 힐러진이 있고 뛰어난 H/P포션이 있다. 놈 하나 탱킹하는 것 정도는 어렵지 않으리라.

한주혁이 씨익 웃었다.

"너, 지금 힐 받고 포션 빨 생각하고 있지?"

한주혁은 이번에 아무런 스킬도 사용하지 않았다. '평범하지 않은 강력한 주먹'을 통해 데미지 감소를 사용하지 않았다.

진짜 평타였다.

그리고 그 과정은 루펜달에 의해 녹화되고 있었다.

# 10장
## 절대악 포인트가 모이면

제타는 현재 그림자들 속에 녹아들어 가 있는 상태. 그는 요르한이나 렉서처럼 전문 살수는 아니지만 그럼에도 불구하고 제타의 은신을 알아차린 플레이어는 단 한 명도 없었다. 이곳에 모여 있는 신성 연합 플레이어들보다 훨씬 뛰어난 능력을 가지고 있다는 뜻이기도 했다.

'주군께서……!'

그는 보고야 말았다. 기세등등하던 적의 탱커를 단 한 번의 주먹질로 죽여 버리는 것을.

'역시 주군이시다!'

저번에 봤을 때보다도 훨씬 더 강해져 있었다. 주군의 성장 속도는 가히 상상을 초월할 정도였다.

한편, 불타는 짬뽕은 이 광경을 믿을 수 없었다.

"마, 말도 안 돼……."

손도끼 이사는 지금 이곳에 모여 있는 이들 중 가장 강력한 방어력을 자랑하는 플레이어다. 레벨 80대 이상의 몬스터도 탱킹이 가능한 월등한 방어 능력을 가진 플레이어인데.

'분명 평타였던 것 같은데.'

믿을 수 없었다. 아니, 저건 평타가 아니다. 평타로 저 정도의 공격력을 내려면 손도끼보다 최소 40레벨 정도는 높아야 한다는 것이 그의 생각이다. 그래, 40레벨 정도 차이가 나면 그럴 수 있지. 하지만 상식적으로 그건 불가능하다. 손도끼보다 레벨 40이 넘는다? 세계 랭킹 1위도 그 정도는 안 된다.

그런데 놈이 말했다.

"뭐야? 약하네. 어떻게 무기도 안 낀 평타 한 방에 죽어?"

평타라고 넌지시 말까지 해줬다.

"거, 거짓말하지 마라!"

평타일 리 없다. 저건 평타가 아니다. 불타는 짬뽕은 머리를 굴렸다. 퇴각해야 하나? 평타든 아니든 어쨌거나 가장 강력한 탱커를 단 한 번의 주먹질로 죽여 버렸다. 잿더미가 된 손도끼 이사는 제 스스로 황당한지 말도 못하고 있었다.

힐도 포션도 일단 살아 있어야 소용이 있는 거다. 그도 몰랐다. 그가 단 한 번의 꿀밤에 잿더미가 될 줄은.

힐을 대기하던 힐러진도 황당하기는 매한가지. 그들은 눈으로 봤지만서도 믿지 못했다.

'도망쳐야 하는 것 같은데.'

탱커도 못 버틴 공격이다. 진짜 평타일 리는 없지만 어쨌든 저런 공격을 몸으로 받는다면? 이곳에 있는 모두가 한 방에 죽는다는 소리다. 접속 불가 페널티. 운 나쁘면 아이템 드랍. 명성의 다운. 이것만으로도 그들에게는 막심한 페널티라 할 수 있다.

그들이 불타는 짬뽕에게 귓말을 보냈다.

-도망쳐야 하는 거 아닐까요?

-무슨 소리.

그들은 도망치고 싶어도 도망칠 수 없다. 지금 기자들이 냄새를 맡고 이쪽으로 오고 있다는 소식을 들었다.

-이곳은 우리의 중요 사냥터 중 하나다. 이곳을 내버리고 도망치면…….

창피한 건 그렇다 칠 수 있다. 하지만 상부로부터의 질책이 떨어질 거다. 한주혁이 말한 대로 이들 역시 월급쟁이이고 연합 입장에서 보면 대체 가능한 회사원이나 다름없었으니까.

-차라리 이곳에서 죽으면 모를까.

그건 능력의 부족이다. 어쩔 수 없는 천재지변 같은. 하지만 지킬 수 있는데 도망쳤다면? 정말 눈앞이 캄캄해지는 결과가 초래될 수도 있다.

불타는 짬뽕이 사기를 북돋웠다.

"속지 마라! 놈의 공격은 진짜 평타일 리 없다!"

평타처럼 교묘하게 속인, 딜레이가 커다란 기술. 평타였으면 지금 당장 이쪽으로 뛰어들어 평타를 계속 사용했을 것이 분명하다. 평타는 딜레이가 없으니까. 그런데 공격하지 않고 있다. 분명 액티브 스킬을 사용한 것이었다. 이곳에 모인 플레이어들도 그것을 깨달았다.

"놈에게는 강력한 한 방 스킬과 방어 계열 마법이 있다. 위축되지 말도록!"

실제로 강력한 한 방이 있든 없든, 방어 계열 마법이 있든 없든 그건 중요한 게 아니었다. 중요한 건 지금 위축되면 안된다는 것.

―형님, 바깥에서 지원이 오고 있는 것 같은데요.

―그래.

이곳에 오기 전부터 저들의 반응은 예상했다. 저들은 이 중요 사냥터를 버리고 도망치지 못한다. 외부로부터 지원을 요청할 거다. 그럼 대연합 신성의 플레이어들이 급파될 거다. PVP 전문 고레벨 플레이어들로.

이쪽에 네크로맨서가 있으니 신성 계열 마법사들은 물론이고, 신성 사제 NPC까지 동원할 수도 있다. 판이 굉장히 커지게 될 거다. 그래서 일부러 시간을 끌고 있다. 판을 키우고 주목을 받기 위해서.

비명이 터져 나왔다.

"크악!"

상황이 점점 더 불리해졌다.

'이 미친 것들은 뭐냐!'

숫자가 결코 적지 않았다. 아니, 오히려 숫자에서 압도당하고 있었다. 검은색 기운을 뿜어내며 검을 휘두르고 있는 갑옷을 입고 있는 몬스터. 아마도 언데드인 것 같다.

─이사님, 이 네크로맨서 올림푸스 매니아에서 본 적 있습니다. 최근 네크로맨서 중에서 두각을 드러내고 있는 슈퍼루키라 불립니다.

젠장. 슈퍼루키고 나발이고 지금 어떻게 할 수가 없다. 저 검은 몬스터 하나하나가 강력했다. 저 몬스터 네 마리가 있으면 이쪽 플레이어 하나를 충분히 상대하고도 남았다. 문제는 저게 수백 마리라는 것 정도.

─놈들의 숫자가 거의 1천에 가까운 것 같습니다.

끝없이 보였다. 엄청나게 많은 언데드들이 플레이어들을 에워싸고 포위망을 좁혀오고 있었다. 그리고 가장 큰 문제는 저 언데드들의 공격은 매우 아프다는 것. H/P가 많이 줄어든다는 소리가 아니라 실제로 고통이 많이 느껴졌다. 데스나이트의 특수 효과 '고통'이 작용하기 때문이다.

─고통 효과가 굉장히 강력한 놈들입니다.

─상대하기 매우 까다롭습니다.

불타는 짬뽕은 이를 악물었다. 여기서 전멸할 수도 있다.

그는 대연합 신성에 속해 있으면서 이런 위기를 겪어본 적이 없었다. 그것도 단 두세 명에게 말이다.

잿더미가 하나둘씩 늘어나기 시작했다. 한주혁이 귓말로 말했다.

─너무 빨리 죽이지 마. 시간 끌어.

─알았어요.

천세송은 한주혁의 말을 굉장히 잘 들었다. 데스나이트들의 공격이 느려졌다. 한주혁도 열심히 평타를 날리지는 않았다.

그것에 불타는 짬뽕은 한 가닥 희망을 가졌다.

'지쳤나?'

그렇지 않고서야. 이 상황이 설명되지 않는다. 그는 짐짓 여유로운 척 말했다. 적어도 겉으로 보기에 그는 여유를 잃으면 안 되는 입장이니까.

"가소롭군."

"……."

"이토록 많은 언데드를 부린다는 것. 그건 높이 사도록 하지. 근데 이렇게 많은 몬스터를 다루는데 과연 M/P가 남아날까? 다른 네크로맨서가 이렇게 무식한 짓을 못 해서 안 하는 게 아니지. 효율이 나쁘기 때문에 이런 짓을 하지 않는 거다."

보아하니 굉장히 젊은 사람인 것 같다. 혈기와 객기로 똘똘 뭉친. 강함에도 자신이 있고 네크로맨서가 있어서 물량으로 빠르게 승부를 보려고 했겠지만 그러기엔 자신들이 너무 강했다. 순식간에 쓸려 나갈 거라고 생각한 모양인데…….

"우리는 그렇게 약하지 않거든."

그래서 한주혁이 스킬을 한 번 써줬다.

'백참격.'

레벨 50이 되면서 그가 사용할 수 있는 스킬은 두 가지가 됐다. 진 파천심공과 백참격. 슬슬 지원군도 도착할 때가 됐겠다. 기자들도 냄새를 맡고 몰려오고 있겠다. 이제 쇼타임이다.

"정말? 안 약해?"

한주혁의 몸에서 검은색 기운이 일렁거렸다. 풀카오의 마기보다도 훨씬 더 짙은 검은색이었다. 그 검은색의 기운이 반달 모양으로 뭉쳤다. 한주혁에게 알림이 들려왔다.


-스킬. 백참격을 사용합니다.

-진 파천심공의 효과로 백참격이 진 백참격으로 전환되어 사용됩니다.

-진 파천심공의 효과로 백참격의 공격력이 30퍼센트 추가됩니다.

-진 파천심공의 효과로 백참격의 사정거리가 30퍼센트 증가합니다.

-진 파천심공의 효과로 백참격 사용 시 M/P 소모가 30퍼센트 감소합니다.

─진 파천심공의 효과로 백참격의 쿨타임이 30퍼센트 감소합니다.

백참격은 원거리 공격이다. 다만 그 사정거리가 그렇게 길지 않다. 그런데 이것이 '진 백참격'으로 전환되어 사용되면서 사정거리가 훨씬 길어졌다. 기본적으로 백참격의 사정거리는 약 30미터. 거기에 30퍼센트가 추가되면서 30미터가 약 40미터로 바뀌었다.

이게 가장 무서운 거라 할 수 있었다.

백참격은 검은색 반달 모양의 마기가 부메랑처럼 날아가는 형태의 스킬. 날아갔다 돌아오는 그 경로 내에 있는 모든 것을 공격하는 특성을 가진 스킬이다. 다시 말해 직선거리로 30미터 내에 있는 모든 적을 공격하던 그 스킬이 이제는 직선거리 40미터 내에 있는 모든 적을 공격한다는 소리다.

'어라?'

생각보다 훨씬 많이 죽일 거 같은데. 스킬은 이미 사용됐다. 사용된 스킬은 어떻게 되돌릴 수 없다. 진 백참격이 불타는 짬뽕을 향해 부메랑처럼 날아갔다. 그 공격을 탱커 둘이 막아내려 각각의 스킬을 사용하며 불타는 짬뽕 앞을 가로막았다.

그와 동시에, 각종 보정 알림과 상태 알림이 폭발하듯 터져나왔다.

-천살성 칭호 효과로 인하여 PVP 데미지가 10퍼센트 추가 적용됩니다.

　-천살성 칭호 효과로 인하여 PVP 방어력 10퍼센트 추가 적용됩니다.

　보정 알림이 들려오고 거의 동시에 상태 알림이 들려왔다. 다시 말해 보정이 들어감과 동시에 PK(Player kill)가 이루어졌다는 소리다.

　-아서 님이 적을 학살하고 있는 중입니다!
　-아서 님이 미쳐 날뛰고 있는 중입니다!

　천살성 효과로 인하여,

　-경험치 획득량 10퍼센트 추가 적용됩니다.
　-Suffenus 획득량 30퍼센트 추가 적용됩니다.
　-영웅급 플레이어를 사살하였습니다.

　추가 보정이 이루어졌다. 평균 레벨 65의 고레벨 플레이어 13명을 한 번의 스킬로 쓸어버렸다.

　-풀카오 상태가 유지됩니다.

—살인자의 표식이 더욱 진해집니다.

—Suffenus(악명)가 더욱 높아집니다.

—사망 시 아이템 드랍율이 100퍼센트로 유지됩니다.

—사망 시 재접속 가능 시간이 48시간으로 증가합니다.

—모든 공식기관의 이용이 불가합니다.

—일반적인 NPC와의 거래가 불가능합니다.

—거래 시스템 활성화가 불가능합니다.

알림은 거기서 끝이 아니었다.

—절대악 포인트를 획득합니다.

—절대악 포인트를 획득합니다.

절대악 포인트. 아직 어디에 쓰는 것인지 잘 모르는 포인트다.

—축하합니다!

—절대악 포인트를 5개 획득하는 데 성공하였습니다!

—절대악 포인트가 플레이어의 신체를 파악합니다.

절대악 포인트가 신체를 파악한다. 무슨 소리인가 했더니.

─절대악의 신체에 굉장히 불합리한 요소가 내재되어 있습니다.

─절대악 포인트 5개 소진 시, 신체 스탯을 재구성할 수 있습니다.

─절대악 포인트 5개를 사용하여 불합리한 요소를 상당 부분 일정 시간 동안 제거할 수 있습니다.

한주혁은 확신했다. 이 절대악 포인트. 절대악을 보다 절대악답게 만들어주는 능력을 가진 포인트다.

─절대악 포인트를 사용하시겠습니까?

어차피 그냥 둬봐야 어디다 쓰는지도 모른다. 사용하기로 했다.

'사용.'

─절대악 포인트 5개를 사용합니다.

─절대악 포인트 5개가 아서 님의 신체 스탯에 작용합니다.

그리고 놀라운 알림이 이어졌다.

─절대악 포인트로 인하여 아서 님의 신체에 비정상적으로 작용하는 행운 스탯 정상화 작업이 진행됩니다.

─소모 예정인 절대악 포인트는 5개입니다.

—절대악 포인트 5개를 사용하여 행운 스탯 정상화 작업을 진행합니다.

—절대악 포인트 5개를 사용합니다.

절대악 포인트를 5개 사용했다. 보아하니 최소 사용 요건이 5개인 모양이다.

—5개의 절대악 포인트를 사용하여 정상화된 행운 스탯을 산정합니다.

—5개의 절대악 포인트를 사용한 결과, 평균적인 행운 스탯으로 보정됩니다.

—행운 스탯 보정 유지 시간은 3시간 39분 59초입니다.

행운 스탯 보정은 약간의 법칙을 가지고 이루어졌다.

—평균적인 행운 스탯은 전체 플레이어 중, 상위 10퍼센트 플레이어와 하위 10퍼센트 플레이어를 제외한 평균구간 내의 플레이어들의 평균을 의미합니다.

행운이 −60에 달하던 한주혁의 스탯창이 갱신되었다.

〈스탯창〉

(1) 힘: 99(+29)

(2) 민첩: 99(+29)

(3) 체력: 99(+29)

(4) 지능: 99(+29)

(5) 행운: −99(+29+85) 유지시간: 3시간 39분 50초

(6) H/P: 990/990(+290+297)

(7) M/P: 990/990(+290+297)

(8) 활성 스탯

　−카리스마: 10

　−절대악 포인트: 0


그 지긋지긋하던 행운 수치가 두 가지 보정을 통하여 정상 수치까지 올라왔다.

'대박.'

한주혁 본인이 제대로 사냥하지 못하던 이유가 바로 행운 때문이었다. 열심히 몬스터를 때려잡아 봐야 몬스터 스톤이 드랍되지 않으니까.

'5개를 사용해서 이 정도면.'

그러면 그 이상을 사용해서 스탯 정상화 작업을 한다면 어떤 결과가 나타날지 벌써부터 기대가 됐다. 김칫국을 마시는 것일지도 모르겠다만 절대악 포인트를 많이 사용해서 행운을

다른 스탯까지 올릴 수만 있다면?

'아이템 드랍율 0프로가 아니라 100프로가 되지 말란 법도 없지.'


한주혁이 사용한 '백참격'에 얻어맞은 탱커들은 물론이고 이들을 지휘하던 불타는 짬뽕까지 검은색 잿더미로 변해버렸다. 불타는 짬뽕. 이른바 불짬은 이런 황당한 상황을 처음 맞이했다.

'내가…… 죽은 건가?'

죽은 걸 인지조차 못 하고 죽었다. 그렇다는 말은 일격에 고통 없이 죽었다는 소리다.

'설마 내가 한 방에?'

세계 톱급 플레이어라 할지라도 노아이템 상태로는 자신을 한 방에 죽일 수는 없다고 자신하고 있었다. 그 어떤 히든 클래스가 와도 소용없다고 생각했다. 사실 그게 일반적인 생각이고 일반적인 생각을 상식이라 부른다. 그 상식이 순식간에 파괴되어 버렸다.

상식이 파괴된 것도 억울한데,

"일어나라! 죽음의 병사들이여!"

심지어 이제는 언데드화가 되어버렸다.

"모두 공격해!"

갑자기 살아난 것도 어이가 없는데 심지어 동료들을 공격하라는 명령을 내렸다. 누가 그까짓 명령 들을까 보냐, 그렇게 생각했는데.

"크윽……!"

심장과 머리에서 어마어마한 통증이 느껴졌다. 그도 몇 번 사망해 봤는데 사망했을 때와는 차원이 다른 고통이었다. 70레벨 가까이 레벨업을 했었고 그 역시 꽤 고수에 속하는 플레이어지만 이런 고통은 느껴본 적이 없었다.

"제, 젠장."

도저히 참을 수가 없는 괴로움이었다. 말을 듣지 않자,

–영혼의 속박에 저항합니다.
–영혼의 속박에 저항하는 대가로 극심한 고통이 수반됩니다.

그만 그런 게 아니었다. 잿더미로 변한 10명이 넘는 플레이어들이 괴로워하며 바닥을 떼굴떼굴 구르고 있었다.

천세송이 말했다.

"포기하면 편해."

저 말이 악마의 속삭임처럼 느껴졌다. 그래, 저 말만 듣는다면. 지금의 극심한 고통이 그들의 이성을 마비시켰다. 몇몇이 이성을 잃고 동료였던 플레이어들을 공격하기 시작했다.

한주혁 역시 백참격을 연거푸 사용했다. 백참격은 그렇게 큰 기술이 아니다. 파천심공 이후에 배우는 가장 기본적인 공

격 스킬. 기본 공격 스킬은 당연히 그렇게 강력하지도 않고, 파괴력이 강하지도 않으며 딜레이가 길지도 않다.

'백참격.'

그런데 그 기본 공격 스킬인 백참격이 진 파천심공을 만나,

—스킬. 백참격을 사용합니다.

—진 파천심공의 효과로 백참격이 진 백참격으로 전환되어 사용됩니다.

—진 파천심공의 효과로 백참격의 공격력이 30퍼센트 추가됩니다.

—진 파천심공의 효과로 백참격의 사정거리가 30퍼센트 증가합니다.

—진 파천심공의 효과로 백참격 사용 시 M/P 소모가 30퍼센트 감소합니다.

—진 파천심공의 효과로 백참격의 쿨타임이 30퍼센트 감소합니다.

와 같은 효과를 냈고, 한주혁의 평타가 플레이어들 사이를 누비기 시작했다.

평타.

—플레이어를 사살하였습니다.

그리고 이어지는 매우 익숙한 알림음.

–풀카오 상태가 유지됩니다.
–살인자의 표식이 더욱 진해집니다.
–Suffenus가 더욱 높아집니다.

또다시 평타.

–플레이어를 사살하였습니다.

다시 한번 평타.

–플레이어를 사살하였습니다.

이어지는 백참격.

–플레이어를 사살하였습니다.
–플레이어를 사살하였습니다.
–플레이어를 사살하였습니다.
–아서 님이 미쳐 날뛰고 있는 중입니다!
–아서 님이 적을 학살하고 있는 중입니다!

거기서 끝이 아니었다.

—키르텔의 목걸이를 획득하였습니다.
—레드 스톤을 획득하였습니다.

간간이 아이템까지 드랍됐다. 이곳에 모인 플레이어는 고 레벨 플레이어들. 그 하나하나가 드랍하는 아이템은 잡템 수준이 아니었다. 가장 획기적인 사실은 한주혁이 죽여도 아이템이 드랍된다는 사실이었다.

루펜달은 다짐했다.

'빠르게 줍겠다!'

내가 할 일은 그게 다였다. 열심히 주워서 열심히 갖다 바치자. 그게 펫으로서의 본분이고 할 일이다! 그래서 그는 열심히 뛰어다녔다. 혹시라도 아이템이 떨어지면 주우려고.

대연합 신성에서는 난리가 났다. 풀카오와 네크로맨서가 하늘로 흐르는 강에 난입했고, 단둘이서 고위 레벨 플레이어들을 도륙하고 있단다. 이건 신성의 자존심도 걸린 문제였다. 대연합의 위신이 땅에 떨어지게 둘 수 없지 않은가.

올림푸스 매니아가 뜨겁게 달아올랐다.

-대연합 신성이랑 람타디안이랑 대판 뜬단다!

-람타디안이 쳐들어갔대.


실시간으로 영상도 올라오는 중이다. 루펜달이 업로드하고 있는 영상도 있었고 벌써 파견 나간 기자들이 찍어 올리는 영상들도 있었다.

대연합 신성에서는 더욱 고레벨 플레이어들을 급파하기로 결정했다.


-대박. 소연합장들이 세 명이나 출발했대.

-이미 출발했으면 워프 포탈 타고 금방 가겠네.


대연합의 무서운 점은 수많은 워프 포탈을 점령하고 있다는 거다. 그들은 그들 나름대로 워프 포탈 지도를 가지고 있으며 그 워프 라인을 정확하게 파악하고 있다. 대륙 어디에 있더라도 연합이 필요한 경우 즉각적으로 움직일 수 있다는 뜻이다. 전술적인 측면에서 보자면 병력의 이동이 매우 기민하다고 볼 수 있겠다.

실시간으로 댓글창에 댓글이 달렸다.


-람타디안도 이제 끝났네.

-아. 근데 왠지. 람타디안 응원하고 싶다.

몇몇은 람타디안을 응원했다. 그의 말에 틀린 부분이 별로 없었기 때문이다.

현재 사회. 특히 한국 사회는 재벌들의, 재벌들을 위한, 재벌들에 의한 사회다. 소시민들은 그들이 만들어 놓은 연합 속에 들어가기 위하여 치열하게 경쟁한다.

그 경쟁에서 승리하면 대연합에 입사하는 것이요, 실패하면 중소연합에 입사하는 거다. 한국에서는 그것 외에 다른 길이 별로 없다. 이미 정해진 커리큘럼. 정해져 있는 교육. 정해진 틀 안에서만 성장해야만 그나마 밥벌이라도 할 수 있을 것만 같은 불안정한 사회. 그에 따라 도전할 수 없는 현세대.

─응원해 봤자지. 아무리 강해도 대연합을 상대로 싸울 수는 없어.

─그건 알지만. 그냥 감정적으로는 그렇다는 겁니다.

람타디안의 발악은 그냥 발악에서 끝날 거다. 그건 자명한 사실이었다. 연합장의 바로 밑. 그룹으로 친다면 계열사 사장들이 직접 나섰기 때문이다. 한 명도 아니고 무려 세 명. 대연합 신성의 계열사 사장이라 한다면 최소한 레벨 70은 넘어야 한다.

일반적인 사람들은 레벨 70까지 가지도 못한다. 70은커녕 60도 힘들다. 대다수의 평범한 사람들은 평범하게 40대 레벨까지 올린다. 노력을 많이 했거나 운이 좋은 경우는 50대 레벨 정도까지 올라갈 수 있다. 그 이상 올라가려면 중소연합의 연합장쯤 되거나 대연합에서 출세하거나 그도 아니면 히든 클래스를 가졌거나.

어쨌든 소연합장은 연합장 바로 밑의 강력한 플레이어들. 최소 레벨이 70인 초고레벨 플레이어들이 '하늘로 흐르는 강'으로 향했다는 거다.


-소연합장이 가세했으니 이제 정리되겠네.
-근데 쟤는 왜 도망 안 치고 저러고 있는 거야?
-척 보면 척이지.


한주혁의 얼굴이 제대로 보이지는 않았으나,


-보니까 엄청 어려 보이는데…….


실제로 한주혁은 나이가 그리 많지 않다. 이제 겨우 20대 중반이다. 젊은 혈기, 열정, 패기. 현 사회에 불만을 잔뜩 품은 청년. 그런데 어느 정도의 힘을 가진 청년. 겉으로 보기에는 그렇게 보였다.


-힘이 생겼으니…… 불만을 표출하는 거겠지. 과시하고 싶든지.

─혈기를 억누르지 못하고 있거나.

대다수가 그렇게 생각했다.

─그래도 뭐. 이슈 몰이로는 성공했네.

여태까지 저런 사람은 많았다. 그러나 금방 잊혀졌다. 대연
합에게 쥐도 새도 모르게 척살당했다. 이번에는 조금 큰 사건
이 벌어졌지만 하나의 헤프닝으로 사라지게 될 거다. 지금 저
젊은 풀카오는 이슈몰이를 하고 있는 중이고 그것은 성공했
다. 아마 저 풀카오도 이제 자신이 죽을 거라는 사실은 잘 알
고 있을 것이다. 다들 그렇게 생각했다.

한편, 루펜달이 누군가를 발견했다.
　─형님, 네임드 플레이어입니다. 저도 저놈 압니다. 닉네임
은 자객. 레벨 약 75 정도로 추정되는 근거리 딜러. 클래스는
블레이더와 관련된 히든 클래스라고 알고 있습니다!
　한 놈이 아니었다.
　─형님! 큰일입니다! 소싯적에 풀카오로 이름 날렸던 키르
텔입니다. 신성 연합에서도 손꼽히는 강력한 놈입니다. 딜탱

이고 정확한 클래스는 알려져 있지 않지만 근거리 무투가 계열입니다.

거기서 끝이 아니었다. 사실 자신만만했던 루펜달도 조금 암담해질 정도였다.

'제기랄.'

지금이라도 튀어야 하나? 싶을 정도의 마음이 들었다.

'아냐.'

그래도 형님을 믿기로 했다. 모든 스탯이 130에 육박하는 미친 형님 아닌가.

―저놈은 누구냐?

―저놈은…… 루펜이라는 닉네임을 쓰는 놈입니다.

루펜달 본인이 닉네임을 따라 만들었다.

―방어 계열에 특화된 네임드 플레이어입니다.

한주혁도 루펜이라는 이름을 안다. 루펜달의 상위 호환 버전. 그런데 그냥 상위 호환이 아니라 슈퍼 상위 호환 정도 되겠다.

―아무래도 작정하고 온 거 같습니다.

루펜이 펼치는 특수한 쉴드는 아군을 보호하는 역할을 하는데, 그 어떤 PVP 플레이어도 이 루펜의 쉴드를 깨지 못했다고 알려져 있다.

한주혁도 조금 긴장했다.

'진짜 제대로 작정했네.'

레벨 70대 플레이어가 무려 세 명이나 왔다. 대연합 신성의 대표로서. 딜러 하나, 딜러 겸 탱커 하나, 거기에 보조 계열 마법사 하나.

한주혁은 한 가지 사실을 깨달았다.

'그러고 보니.'

신성 계열 NPC나 사제는 오지 않았다. 그 말은 곧,

'얕잡아 보고 있다는 거네? 아직도?'

얕잡아 보고 있다는 것으로 해석할 수 있었다. 네크로맨서인 천세송을 잡으러 오는 데 신성 계열 고레벨 플레이어가 오지 않았다. 이쪽을 강력한 적수로 인정은 한다만 그래도 최선을 다하지는 않고 있다는 것을 어필하기 위한 것으로 보였다.

'그럴 만도 하긴 하지.'

사실 천세송은 레벨이 굉장히 낮다. 그리고 이쪽의 레벨도 이미 간파당했을 거다. 그 레벨 디텍팅을 토대로 저들 셋이 이곳에 파견된 거다.

루펜이 먼저 입을 열었다.

"잠자코 항복하고 순순히 조사에 응하겠다면 척살령은 면하게 해주겠다."

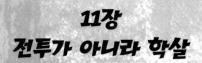

11장
전투가 아니라 학살

루펜은 이렇게 얘기했다.

"잠자코 항복하고 순순히 조사에 응하겠다면 척살령은 면하게 해주겠다."

겉으로는 당당하기 그지없었다. 저 어린 풀카오를 적으로만 대하는 것처럼 보이긴 했으나 속으로는 약간 다른 계산이 깔려 있었다.

루펜이 한주혁에게 귓말을 보냈다. 같은 필드 내에 육안으로 확인 가능한 위치에 있으면 닉네임을 몰라도 귓말 보내는 것이 가능하니까.

－원하는 게 뭐지?

루펜은 생각했다. 저 젊은 친구가. 뭔가 이쪽에 요구하고 싶은 것이 있어서 이토록 난동을 부리고 있는 것이리라.

-원하는 것?

-협상 조건을 얘기해 봐라.

어차피 넌 네가 죽을 걸 알고 이곳에 와서 이토록 이슈 몰이를 하고 있는 거잖아. 루펜은 그렇게 확신했다. 돈을 달라거나. 아이템을 달라거나. 뭐가 어찌 됐든 뭔가 요구사항이 있을 거다.

-그런 거 없는데.

-시간을 주겠다. 생각해 보도록. 이쪽에서 가만히 있을 수는 없으니 공격은 하겠다.

한주혁은 고개를 갸웃했다. 자신감이 넘쳐서 무턱대고 공격부터 할 줄 알았는데 그건 아닌 모양이다.

루펜. 자객. 키르텔.

셋은 유명한 네임드 플레이어이고 셋이서 콤비를 이루는 것으로 굉장히 잘 알려져 있다. 이른바 '문고리 3인방'이라 불리는 이들이다. 대연합 신성의 임원급으로 발돋움하려면 저 문고리 3인방을 통과해야만 한다는 얘기까지 있을 정도.

신성 내에서 저들의 입김은 굉장히 강력했으며, 저들의 총애를 얻어야만 신성에서 제대로 클 수 있다. 그래서 신성의 문고리라 불리고 있다.

키르텔이 기합을 내지른 후 스킬명을 말했다.

"죽음의 권무."

근거리 계열 무투가. 그중에서도 네임드 플레이어인 키르텔은 기세 좋게 한주혁과의 거리를 좁혔다.

-노아이템이라고 봐주지는 않는다.

키르텔이 접근했다. 그의 주먹과 발에는 붉은빛이 감돌았다. NPC들이 일컫기를 마나라고 부르는 것이다.

지금의 이 상황을 실시간으로 시청하고 있는 올림푸스 매니아의 수많은 사람이 감탄했다. 저게 바로 지금의 키르텔이 있게 한 기본 격투 스킬. '죽음의 권무'다. 손과 발이 마치 하나의 생명체처럼 연결되어 상대의 모든 공격을 흘려버리고, 단번에 상대의 약점을 찾아 공략하는 공격 겸 회피 스킬.

-루펜과 자객은 몰라도 나는 다르거든. 진짜 죽을 각오를 해야 할 거다, 애송이.

키르텔은 과거 풀카오로 명성을 날렸었다. 그 성정이 어디 가지 않은 모양이었다. 키르텔은 거리를 좁힘과 동시에 허리를 살짝 틀었다.

"사자의 주먹!"

약간의 반동을 주면서 주먹을 내질렀다. 그 주먹에는 죽음의 권무로 인한 붉은 마나가 넘실거렸다. 50대 레벨 몬스터마저도 단 한 방에 죽여 버리는 어마어마한 힘을 내재한 주먹 스킬. 사자의 주먹이 한주혁의 얼굴로 향했다.

키르텔은 자신의 주먹이 저 노아이템에 혈기 왕성한 그렇지만 능력도 조금 있어서 신성에서도 제법 눈독을 들이고 회유하려고 하는 저 젊은 풀카오가 자신의 주먹에 얻어맞을 거라 확신했다. 급속도로 거리를 좁혔고 죽음의 권무가 자신을 보좌하고 있으며 강력한 사자의 주먹을 사용했으니까.

모르긴 몰라도 지금의 상황을 지켜보고 있는 이들이라면 이 폭발적인 스피드에 깜짝 놀랐을 거다. 루펜이 공격하겠다고 언질을 준 모양인데 그게 아니었다면 아마 반응조차 못 했을 것이라고 확신했다.

'이것이 바로 죽음의 권무와 사자의 주먹의 조합이다!'

주변의 시간이 느리게 흘러가는 것처럼 느껴졌다. 죽음의 권무가 가진 효과다. 겉으로 보기엔 매우 빠르겠지만 키르텔 본인이 느끼기에는 느렸다. 죽음의 권무가 펼쳐지는 이 시공간에서, 그는 절대자였다.

'역시 애송이. 아무런 반응도 없군.'

이 느린 공간에서 놈의 표정이 자세히 보였다. 표정에 그다지 변화가 없었다. 자신의 주먹을 알아차리지도 못했다는 것.

'사자의 주먹을 한번 버텨봐라!'

많은 사람이 생각했다. 저 엄청난 주먹이 풀카오의 안면을 강타할 것이라고.


-어떻게 될까?

-풀카오도 제법 세니까 한 방은 버티겠지. 적어도 두어 방은 버틸 수 있다고 본다.

-죽음의 권무가 진짜 빠르긴 빠르네. 저 풀카오 반응조차 못 한

거 같은데.

─괜히 신성의 소연합장이겠냐? 저 정도 되니까 소연합장하고 있지.


모두가 빠르다고 감탄했다. 그런데 정작 한주혁의 눈에는 그 모든 과정이 슬로우 모션처럼 보였다.

"음. 꽤 빠르네."

한주혁의 손바닥이 사자의 주먹을 막아냈다. 보자기가 주먹을 감싸 안듯. 너무나 자연스러웠다.

가장 당황한 건 키르텔이었다.

'엉?'

주먹이 잡혔다. 죽음의 권무가 뿜어내고 있는 붉은색 마나가 검은색 기운에 잠식되고 있었다.


─강력한 기운이 감지됩니다.

─죽음의 권무를 이루는 근간 마나보다 더 상위급의 마나를 확인했습니다.

─상위급의 마나에 저항합니다.

─저항에 실패하였습니다.

─죽음의 권무가 해제됩니다.


키르텔의 주먹에서 뿜어져 나오던 붉은빛이 사그라들었다.

"생각보단 빠른데. 별거 아닌데?"

한주혁이 주먹을 내질렀다. 레벨 70대 네임드 플레이어. 솔직히 조금 긴장하긴 했는데 막상 부딪쳐보니 그렇게 강하지 않았다. 물론, 이쪽을 죽이지 않기 위해서 약간의 손속을 두기는 했겠지만.

한주혁의 평타. 그러자 그 누구도 믿을 수 없는 일이 벌어졌다.

"컥……!"

근거리 무투가. 딜러이자 탱커인 키르텔은 그 평타를 피할 수 없었다. 엄청나게 빠른 스킬이라거나 화려한 이펙트가 있는 건 아니었다. 진짜 평타였다. 그런데 그 평타를 피할 수 없었다. 아무리 죽음의 권무가 해제되었다지만, 그렇다고는 해도 이건 믿을 수 없는 일이었다. 근거리 무투가가 평타에 얻어맞았다.


-헐……. 말도 안 돼.
-지금 평타였지?


평타로 쳤는데 제일 황당한 건.


-H/P가 한 30퍼는 날아간 거 같은데?
-크리티컬샷 떴나?
-그거 아니고서는 말이 안 돼.

딜탱인 키르텔의 H/P가 30퍼센트 가까이 날아갔다는 거다. 그냥 평타 한 번에. 그것도 노아이템의 풀카오에게.

루펜은 다시 귓말을 걸었다.

—네가 강하다는 사실은 충분히 알았다.

전략을 약간 수정해야겠다. 저 풀카오. '약간의' 능력과 '많은' 패기를 가진 게 아니었다. '많은' 능력과 '많은' 패기를 가진 풀카오다.

'저렇게 강할 줄이야.'

어떻게 저럴 수가 있지? 저 나이에는 불가능하다. 천재라는 신성의 재벌 3세. 강무석도 저렇지는 않다.

—협상을 하지. 네가 우리에게 죽어준다면 하늘로 흐르는 강에서 사냥할 수 있는 사냥권을 주겠다.

한주혁은 기가 찼다. 저건 철저하게 저쪽의 입장에서 생각한 협상 조건이다. 애초에 '사냥권'이라는 건 대연합들이 만든 룰이다. 저희끼리 좋은 사냥터를 독식하려고 만든 룰. 자기들이 만들어놓은 걸 원래대로 돌려놓은 것이 협상이라고?

—그게 끝?

—신성에서 척살령을 내리지 않을 것이다. 뿐만 아니라 너를 스카웃할 용의가 있다. 어떤가? 대연합 신성을 위해 일해보지 않겠나?

그는 안다. 이 시대의 청년들이 얼마나 대연합에 들어오고 싶어 하는지. 대연합에 들어오면 월급도 많다. 초봉으로 월간

300만 원 정도는 번다.

―사회에 불만이 많은 걸로 알고 있다. 신성 밑에 들어온다면 타 연합의 척살령도 면할 수 있을 거고, 신성이 소유하고 있는 수많은 사냥터에서 자유롭게 사냥할 수 있도록 해주겠다. 또한 정식으로 계약한다면 연봉 1억을 약속하지.

평범한 청년들이 듣기에는 혹할 수 있는 조건이다. 현재 그는 풀카오다. 어딜 가도 공격받는 대상이 된다. 그런데 신성의 그늘 밑에 들어가게 되면 그러한 위협에 벗어날 수 있다.

뿐만 아니라…….

―너도 알다시피 신성은 수많은 워프 포탈이 있고 그것을 관리하고 있다.

기동성이 확보되기 때문에 언제 어디서든 원하는 곳으로 이동하면서 사냥을 할 수 있다. 막대한 데이터베이스를 토대로 필요한 아이템이 있는 곳, 퀘스트 아이템이 있는 곳으로 즉각적으로 움직여 시간적인 메리트도 상당하다.

―이 정도면 한 번 죽어 줄 만하지 않나?

그런데 그건 어디까지나 평범한 청년들에 국한된 얘기다.

―까는 소리하고 있네.

신성이 소유하고 있는 수많은 사냥터?

―그 사냥터 전부 너네가 너네 마음대로 독점하고 있는 거잖아. 워프 포탈도 마찬가지고.

아주 오래전. 약 100년 전에는 워프 포탈도 아주 저렴한 값에 이용이 가능했다. 어디로 워프가 되는지에 대한 정보도 100퍼센트 공개되었었다. 그러나 그러한 정보를 대연합에서 독식하고 일반에 풀지 않았다. 거미줄처럼 연결되어 있는 그 것은 하나의 대외비로 관리되고 있다.

–연봉 1억?

예전에 들었으면 혹할 만한 얘기다. 근데 지금은 아니다. 비록 일시적이긴 하지만, 행운도 일반으로 올라왔고. 레드 스톤 하나 얻으면 5억이다.

대연합 놈들은 수많은 일개미가 바치는 몬스터 스톤을 '고용'이라는 형태로 헐값에 구매해 '월급'이라는 형태로 보상을 제공했다. 연합들이 레벨업에 필수적인 '스텝업 퀘스트'를 독점하고 있고 '사냥터'를 독점하고 있기 때문이다. 일반 소시민들은 기존의 체제에 반발할 수가 없다. 스텝업 퀘스트와 적당한 사냥터가 없으면 당장 내일의 밥을 걱정해야 하니까.

새로운 연합이 나오기도 힘든 구조다. 대연합은 경쟁자를 원하지 않는다. 좋은 퀘스트를 가진 중소연합이 등장하면 그걸 어떻게든 빼앗는다.(그걸 골목 상권 침해라고 부른다) 빼앗기 힘들면 치킨 게임을 통해 막대한 자금력을 바탕으로 깔아뭉개 버린다.

–겨우 그걸로 회유해 보겠다고?

그러한 상황 속에서 다들 그렇게 살아간다. 연합 창업은 어렵고, 시대는 불확실하고, 취업도 어렵고. 그러니까 다들 내 탓이오, 내 탓이오, 내가 노력하지 않은 탓이오. 라든지 노력을 해라, 노력하면 잘 먹고 잘산다. 라는 슬로건으로 살아가고 있는 거다.

—그런 조건들이 나한테 필요할 거라고 생각하냐?

한주혁에게는 필요 없다. 그는 어차피 세상을 상대로 싸워야 한다. 글로벌 대연합이 신성만 있는 것도 아니다. 숫자가 많지는 않지만 그보다 강력한 대연합들도 엄연히 존재한다. 겨우 신성 밑에 들어간다? 있을 수 없는 일이다.

"청년들의 고혈을 쥐어짜서 제 배만 불리고 있는 네놈들과 협상을 할 거 같냐?"

사실 한주혁은 소시민에 가깝다. 이 사회를 개혁하겠다. 지금의 이 사회는 제대로 된 사회가 아니다. 대다수의 평범한 사람은 기회조차 붙잡지 못한다. 이런 생각을 평소에 갖고 있는 건 아니었다. 그러나 지금 그의 위치는 그렇지 않다. 그는 이세계를 뒤집어야 할 절대악이다.

한주혁은 일부러 육성으로 크게 말했다.

"연봉 1억? 복지? 워프 포탈 공유? 사냥권 독점?"

조금 과장되게 피식 웃었다. 약간 과장을 하자면 이건 정치 같은 거다.

"내가 평범한 플레이어였더라도 이렇게 신경 썼을까?"

당연히 아닐 거다. 많이 줘봐야 월급 300, 400 주면서 뼛속까지 부려먹겠지. 그 300, 400이 아쉬워서 취직하는 이들. 대연합의 승인이 없으면 자유로운 사냥이 불가능한 그들의 노동력을 제공받아 3,000, 4,000의 수익을 내는 대연합이다.

"최저 임금은 매해 그 자리인데 임원 성과급은 수백 퍼센트 인상. 부익부 빈익빈. 흙수저가 노력해서 흙수저를 벗어날 기회조차 박탈하고 그조차 합의할 수 없는 가혹한 환경을 만든 네놈들과 협상 따윈 없다. 비겁하게 귓말질로 협상질이라니. 그냥 죽어 달라고? 난 그런 찌질한 짓은 못해."

한주혁은 인상을 찡그렸다. 아. 대충 뭐라도 있어 보이는 말을 하려니까 힘드네. 머릿속에 개념은 대충 있는데 그걸 말로 꺼내려니 힘들었다. 어쨌든 그는 절대악이고, 절대악이 세상을 뒤엎을 명분이 필요하다. 문고리 3인방의 등장으로 지금 이곳은 굉장히 뜨거워졌으니 홍보는 충분히 되겠지.

여태 입을 다물고 있던 '자객'으로부터 귓말이 들려왔다.

─협상 결렬. 어리석은 결정을 내리는군.

자객의 신형이 흐릿해졌다. 블레이더 관련 히든 클래스. 그가 움직였다. 그와 동시에 한주혁도 스킬을 사용했다.

'백참격.'

한주혁의 기본 스킬. 그래도 평타보다는 훨씬 강력한 기본 스킬이, '진 백참격'으로 전환되어 사용되었다.

모두가 예상하지 못한 한 가지 일. 그리고 한주혁조차도 예상하지 못했던 또 다른 한 가지 일이 동시에 벌어졌다.

모두가 흥미진진한 눈으로 상황을 지켜보는 상황.

한주혁이 백참격을 사용했다. 백참격은 기본 스킬. 그렇지만 평타보다는 훨씬 강한 액티브 스킬이다. 반달 모양의 검은 색 마나가 날아갔다.

―헉. 말도 안 돼.
―지금 우리가 보고 있는 게 현실입니다, 여러분.
―미친. 저게 말이 됨?

믿을 수 없는 일이 벌어졌다. 한주혁이 사용한 백참격이 부메랑처럼 날아가 키르텔을 일격에 죽여 버렸다.

―분명히 크리티컬샷이다.
―아무리 크리티컬이 떴다고 해도 어떻게 키르텔을 한 방에 죽임?
―키르텔은 딜탱임. 순수 딜러도 아니고, 순수 탱커도 아니고. 오늘은 루펜이 있는 만큼 딜에 집중한 아이템을 장착하고 왔을 확률이 높음.
―아무리 그래도 한 방에 죽었잖아.

이건 조작된 영상이다. 조작이 아니고서야 이럴 수가 없다. 그런 의견까지 나올 정도였다. 한주혁도 황당하긴 매한가지.
'엥?'
레벨 60대와 70대는 아주 많이 다르다. 괜히 스텝업이 있는 게 아니다. 더더군다나 레벨 70부터는 초고레벨 플레이어로 구분된다. 그런 플레이어가 일격에 죽었다. 그것도 기본 공격 스킬에.

'뭐야 이거?'

아무리 '진 파천심공'의 효과로 백참격이 진 백참격으로 업그레이드되었다고는 해도,

'크리티컬샷도 안 떴는데?'

크리티컬샷이 뜨지도 않았는데 진짜 한 방에 죽어 버렸다. 검은 잿더미가 된 키르텔은 입을 다물었다.

"……."

지금 이 순간 그 누구도 입을 열지 못했다. 무거운 적막감이 '하늘로 흐르는 강'에 내려앉았다.

레벨 70대의 네임드 플레이어. 근거리 무투가 키르텔이 한주혁의 기본 스킬 한 방에 절명했다는 것이 한 가지 놀라운 일이었다. 또 다른 놀라운 일이 벌어졌다.

목소리가 들려왔다.

"조무래기들이 날뛰는구나."

그와 동시에 그림자 속에서 수많은 NPC가 모습을 드러냈다. 플레이어들은 당황했다. 언제 이렇게 많은 놈들이 나타났단 말인가. 이 정도의 은신술을 구사하는 NPC들. 탐지를 전문으로 하는 플레이어가 이 자리에 없다 하더라도 기본적으로 이곳의 플레이어들은 평균 레벨이 65에 이른다. 문고리 3인방은 레벨 70이 넘는다. 그런 이들이 NPC들이 나타나는 것

을 감지조차 못했다? 그런데 그 NPC들이 하필이면 살수 NPC들이다?

"살막이 너희들의 죄를 묻겠다."

이제야 모든 퍼즐이 맞춰졌다.

레벨 65 이상의 플레이어들이 감지조차 못하는 살수 NPC들. 에르페스 제국 2대 살수 단체 중 하나인 살막의 살수들이었다.

그와 동시에 수많은 플레이어가 심장을 부여잡고 쓰러졌다. 검은 잿더미가 되는 게 일순간이었다. 한주혁이 아닌 천세송을 노렸던 '자객' 역시도 위험함을 느끼고 황급히 뒤로 빠졌다.

"⋯⋯."

자객은 네크로맨서를 인질로 잡으려고 했다. 둘이 같이 행동하는 것으로 보아 상당히 중요한 전략적 파트너일 확률이 높을 터. 그래서 직접 전투력이 매우 약한 네크로맨서를 잡으려고 했는데 방해꾼이 나타났다.

'⋯⋯내가 기척을 감지조차 하지 못했다.'

살막의 NPC란다. 아무리 살막의 NPC라도 이건 힘들다.

'설마⋯⋯.'

그의 기감을 이렇게 속이면서 접근하려면,

'살막의 수장인가?'

그럴 리 없다. 살막의 수장은 절대로 자신의 정체를 노출하지 않는 비밀스러운 NPC로 설정되어 있다고 들었다. 머리는 그렇게 생각하는데, 현실을 인정하지 않을 수 없었다.

'살막의 수장이 왜?'

혼란스러워졌다. 저 젊은 풀카오와 살막이 긴밀한 관계에 있는 건가? 그는 한주혁을 쳐다봤다. 저 풀카오에게 뭔가 우리가 놓치고 있는 무언가가 있는 것인가?

사실 한주혁도 조금 놀랐다. 시키지도 않았는데 살막의 수장이 살막의 최상급 살수들을 데리고 전투에 참여한 것 같다. 알림이 들려왔다.

–현시점에 있어서 '장로'는 권속으로 인정됩니다.

–현시점에 있어서 '장로'에 귀속된 NPC 역시 권속으로 인정됩니다.

–일정 지역 내에서 '장로'와 '장로에 귀속된 NPC'가 획득한 경험치가 플레이어에게 소급 적용됩니다.

그와 동시에.

–레벨이 올랐습니다.

레벨이 또 올랐다. 따지고 보면 레벨 50짜리 플레이어가 평균 레벨 65이상의 플레이어집단을 쓸고 있는 거다. 거기에 절대악 호칭효과와 경험치 상승 아이템을 통한 경험치 보정까지.

―플레이어를 사살하였습니다.
―플레이어를 사살하였습니다.


한주혁은 기회를 놓치지 않았다.

'백참격.'

기본 공격 스킬. 백참격이 방어 특화형 마법사 루펜을 향했다. 루펜은 이미 준비하고 있었다. 그가 사용하는 방어마법은 도합 17개. 17개의 방어마법이 그의 몸을 겹겹이 둘러싸고 보호하고 있는 중이다.

블레이더 계통의 히든 클래스를 가진 자객이 루펜을 보호하기 위해 앞에 섰다. 그 역시 루펜이 사용한 각종 방어막을 몸에 두르고 있는 상태.

루펜이 레어급 아이템 '송화검'을 세차게 휘둘렀다.

'파쇄!'

루펜의 '송화검'은 예전에 경매에서 92억에 낙찰된 레어급 명검이다. 그리고 그가 차고 있는 각종 액세서리와 아이템의 값을 합치면 수백억을 호가한다. 그 수백억의 아이템을 몸에 두르고 네임드 플레이어 루펜의 각종 방어 보정을 얻어서 한주혁의 기본 스킬과 싸웠다.

'컥……!'

그 결과는 처참했다.

92억짜리 레어급 명검의 내구성이 절반 넘게 깎여나갔다.

간신히 백참격의 궤도만 바꿔놓았다. 그마저도 완벽하지 못해서, 수많은 동료 플레이어들이 죽었다.

루펜은 직감했다.

'승산이 없다.'

평균 레벨 65의 플레이어. 어딜 가도 제 몫을 하는 플레이어들이건만 지금 상황에서는 전혀 도움이 되지 않았다.

자객의 몸이 스르르 사라졌다. 보아하니 저 풀카오는 엄청난 능력을 가지고 있는 것은 틀림없는데 정교한 컨트롤 능력은 없는 것 같았다. 공격 패턴이 굉장히 단순했다. 저 반월 모양의 스킬을 사용하거나 주먹을 휘두르거나. 만약 자신이 저 능력을 가지고 있었다면 이미 이곳에 있는 모든 이를 죽였을 거다.

'그 능력을 충분히 발휘하지 못하는 지금.'

지금이 기회다. 지금 밖에는 기회가 없다. 시간이 더 흐르고 나면, 아마 평생 못 죽일 수도 있다.

'저렇게 강력한 클래스는 분명 페널티도 엄청날 터.'

분명히 그럴 거다. 그렇지 않고서는 저 말도 안 되는 강함이 설명되지 않는다. 아마 단 한 번이라도 죽으면 부활 불가와 같은 치명적인 무언가가 있을 거다. 그럼에도 불구하고 젊은 혈기를 누르지 못하고 나대고 있는 것이라고밖에는 이 상황을 이해할 수 없었다.

'지금 친다.'

그러나 자객의 시도는 순식간에 물거품이 되어 버렸다.

"재롱을 부리는구나, 아가야."

살막의 수장. 2대 살수 단체 살막의 수장인 요르한의 움직임은 자객보다 훨씬 빨랐다. 그리고 더 부드러웠다. 자객의 블레이드를 단도 하나로 가볍게 흘려버리고서 자객의 목을 그었다. 그와 동시에 자객의 다리를 걸어 넘어뜨린 뒤 다시 한 번 단도를 심장에 꽂아 넣었다. 거기서 그치지 않고,

"파흉검."

또 다른 단도를 꺼내 자객의 가슴에 박아 넣고 스킬까지 사용했다. 두 개의 단도에서 검은빛이 일렁이는가 싶더니 자객의 가슴속으로 파고들어 갔다.

파흉검. 두 개의 단도를 가슴 속에 밀어 넣고, 그 안에서 폭발시키는 요르한의 특수 스킬이다. 일단 두 개의 단도를 제대로 꽂아 넣기만 하면 사망률이 90퍼센트가 넘는 일격필살의 스킬.

"……."

평소에도 말수가 별로 없는 자객이지만 오늘은 특별히 더 말이 없었다.

―말도 안 돼. 이건 전투가 아니라 학살인데?
―저거 진짜 대연합 신성 맞음?
―신성이 아닌 거 같은데. 아무래도 짝퉁들이 둔갑한 거 같은데.

그들도 분명 봤다. 죽음의 권무. 엄청나게 빠른 움직임. 문

고리 3인방 특유의 스킬들. 봤는데 믿을 수가 없었다. 이렇게 일방적으로 밀릴 줄은 몰랐다.

루펜이 한주혁에게 귓말을 보냈다.

－제가 잠시 착각했습니다. 겨우 1억에 협상을 하려고 했다니. 제 눈이 어두워 귀인을 미처 알아보지 못했습니다.

상부에서도 지시가 내려왔다. 그는 소연합장. 그보다 더 상부라 함은 연합장, 명예 연합장, 몇몇 중연합장들. 그 정도다. 그들이 곧 신성이라 할 수 있다. 얼마를 써도 좋으니 저 풀카오를 회유하라는 것이었다.

－돈과 상관없이 최고의 대우로 당신을 스카웃하겠습니다. 대연합 신성이 당신을 적극적으로 지지하고 돕겠습니다.

한주혁은 어깨를 으쓱했다. 대연합 신성이 딜을 해왔다. 이건 이거 나름대로 감회가 새롭지 않은가. 대연합에서 최고의 조건을 제시하며 모셔 가려 하다니. 물론 한 번쯤 죽어줘야 하긴 하겠지만.

근데 저 조건을 별로 받아들이고 싶지는 않았다. 저런 조건. 언제든 받아들일 수 있는 조건이다. 이왕에 절대악이 된 거. 진짜 절대악이 되어보겠다 마음먹지 않았던가.

한주혁의 백참격과 평타로 대답을 대신했다. 백참격과 평타 네 방에, 그 유명한 방어 마법사 루펜은 검은 잿더미로 변해 버렸다.

─플레이어를 사살하였습니다!

─절대악 포인트를 획득하였습니다!

문고리 3인방의 수난은 거기서 그치지 않았다.

"일어나라, 죽음의 병사들이여!"

문고리 3인방은 강제 로그아웃을 하기도 전에 언데드로 다시 태어났다. 천세송은 인상을 찡그렸다.

─아저씨, 이 사람들 저항력이 너무 세서 언데드로 데리고 있으면 M/P가 쭉쭉 떨어져요.

─그럼 그냥 버려.

애초에 레벨 30대 네크로맨서가 레벨 70대 플레이어를 부활시켰다는 것 자체가 이미 놀라운 일이었다. 스텝업을 한 번도 아니고 두 번도 아니고, 세 번도 아니고, 무려 네 번을 거친 플레이어를 사령술로 되살리다니.

저항력이 너무 강해서 그런지 언데드에게 특별한 감정을 느끼는 천세송도 그런 감정을 느끼지 못했다.

"죽어라. 바보 멍청이들아!"

문고리 3인방은 굴욕을 맛봤다. 필요 없다며 주인(?)에게서 버려졌다. 네임드 플레이어 셋은 그렇게 다시 잿더미로 돌아갔다.

"……."

"……."

"……."

순식간에 '하늘로 흐르는 강'의 교통정리가 끝났다.


루펜달이 숨 가쁘게 뛰어다녔다.

'누구보다 빠르게!'

그는 이번 전투에서 별로 활약하지 못했다. 자기 역할을 못하면 버림받는 법이다. 그래서 그는 적성에 맞는 일을 찾았다.

'라피드 스텝!'

'블링크!'

순식간에 그의 몸이 움직였다. 레벨 50대. 악명 높던 PVP 전문 플레이어 루펜달은 온갖 이동 스킬을 사용하면서 주변에 떨어져 있는 아이템들을 수거했다. 명성이 높은 플레이어들이 많은지라 드랍된 아이템의 숫자는 그리 많지 않았지만 루펜달은 최선을 다했다.

한주혁에게 그 모든 것을 바쳤다.

"형님. 제가 다 주워왔습니다. 헤헤. 형님이 허리를 숙이는 수고를 하지 않도록 제가 열심히 했습니다."

혹시 알까. 저 아이템 중 한 개 정도는 자신에게 줄지도. 그럼 인생 피는 거다. 65 이상의 고레벨 플레이어들이 떨군 아이템. 하나에 억씩 할 확률이 매우 높았다. 잘 보여야 했다.

'얼른 확인 한번 해보시지.'

비굴한 미소를 지으며 간신배로서의 역할을 충실히 이행했다. 그때 루펜달은 알 수 없었다. 살막의 수장. 제2장로 요르한이 아주 흐뭇한 눈으로 루펜달을 바라보고 있었다는 것을. 그것을 알 리 없는 루펜달이 한주혁을 쳐다봤다.

"형님……? 왜 그러십니까?"

아니, 아이템부터 확인하셔야죠. 그래서 쓸모없는 잡템은 제게 하나쯤 떨궈주셔야죠, 형님. 그렇게 말하고 싶었지만 참았다.

한주혁은 수거한 아이템을 확인하기 전에 꼬꼬를 불렀다. 하늘 높이 떠 있던 꼬꼬가 직하강했다.

"마리안, 루펜달. 꼬꼬 등에 타고 일단 위로 도망쳐."

한주혁은 골드 몇 개를 꺼내서 꼬꼬의 부리에 먹여줬다. 골드를 먹고 신난 꼬꼬는 키에엑! 울음소리를 내뱉으며 하늘 위로 올라갔다.

─아저씨, 왜요? 무슨 일 있어요?

─뭔가…… 이상한 것을 발견했거든.

한주혁의 눈이 한 곳을 향하고 있었다.

to be continued